の恋 2

プティルブックス

Character《キャラクター》

ラチェリア・パラタイン(23)

ガゼル王国の元王太子妃で、身分を捨ててユヴァレスカ帝国へやってきた才色兼備の女性。ガゼル王国にいたころの結婚生活がトラウマで、貴族社会や恋愛から離れた生活を夢見ている。しかし、教育係としてボトリング公爵家で過ごす日々に安らぎを覚え……。

オリヴァー・セド・ボトリング(29)

ユヴァレスカ帝国の公爵で、整った顔にたくましい体躯の美丈夫。多くの女性を魅了してやまないが、前妻と死別してからは、シングルファーザーとして一人息子のレオナルドを育ててきた。レオナルドの教育係としてやってきたラチェリアのことが気になっている。

レオナルド・フィレ・ボトリング(5)

オリヴァーの一人息子で、公爵家後継者。好奇心旺盛で非常に賢いが、五歳児らしくやんちゃな一面も。ラチェリアをとても慕っている。

ブラッドフォード・フロム・アストリア(23)

ラチェリアと離婚した、ガゼル王国の王太子。かつての恋人・アラモアナとの復縁に、世間は祝福モードだが……。

アラモアナ・ラズヒンス(23)

現ガゼル王国王太子妃。ある事故から行方不明になっていたが、突如ブラッドとの間にできた子どもとともに現れ、王太子妃の座に就いた。

Contents《コンテンツ》

第一章　おませなアデル

ラチェリアの二人目の教え子である、わがまま令嬢こと、アデル・バレリア・クラークソン伯爵令嬢は、そのかわいらしいわがままでラチェリアを振りまわしつつも、少しずつ淑女として成長をしている。

アデルはもともと姉たち同様に賢い子だったが、最初から比べられてしまっていたアデルは、スタートから不利だった。優秀な姉たちと同じように優れているだろう、優れていないといけない。大人たちはそういう目でアデルを見るし、優秀な姉たちは、自分たちの妹が不出来では恥ずかしいと繰りかえした。最初からアデルに対する期待値が、姉たちよりずっと高いのだ。

幼い少女がそんなプレッシャーを一身に受けていたら、逃げだしたくなるのは当たり前だ。だからアデルは、わがまま令嬢というには、あまりにかわいらしいわがままで抵抗をしていただけ。ただ、アデルのわがままを、かわいらしいと思ったのはラチェリアだけで、アデルの家族や屋敷《やしき》の使用人たちは、優秀な姉たちより劣るアデルが、ただわがままを言って周りを困らせているだけだと思っていた。

七歳の少女のわがままなんて、本当にささやかなものなのに。お勉強なんてしたくない、ピアノの練習はつまらない、マナーなんて必要ない。そんなことを言っては部屋を飛びだす程度。かわいいものだ。

それなのに周りはアデルを落ちこぼれだと思っていたのだから、悪い言葉で言えばアデルの素晴らしさを見ぬけなかった彼らの目は節穴だ。なぜなら、今ではアデルのかわいらしさと賢さは、誰もが知るところなのだから。

わがままだと思われていた口調も、見方を少し変えればおませで微笑《ほほえ》ましい。それにアデルは褒めれば褒めるほどやる気を出したし、その集中力は並々ならぬものだった。もちろん、姉たちに劣らぬ賢さであったことはすぐに証明された。

「リア！」

ラチェリアがクラークソン伯爵邸に着くと、アデルが輝かんばかりの笑顔で飛びだしてきた。

「ディー」

「いらっしゃい、リア」

「ちょっと遅くなってしまってごめんなさいね、ディー」

「本当よ！　私、待ちくたびれてしまったのよ」

そう言って頬を膨らませるアデルは、五分遅刻したラチェリアの手をぎゅっと握った。

「フフ、かわいいディーを待たせてしまったお詫びに、おいしいマドレーヌを持ってきたのよ」

「え？　リアが焼いたマドレーヌ？」

「ええ。実はマドレーヌが焼けるのを待っていたら、遅くなってしまったの」

ラチェリアが手に持っていたカゴの蓋を少し開けると、砂糖とバターの甘い香りが鼻孔をくすぐった。

「わぁ、おいしそう！」

さっきまで頬を膨らませていたアデルは、とたんに笑顔だ。

「これで許してくれる？」

「いいわよ、許してあげる」

アデルはニコリと笑ってラチェリアの手を引いて歩きだし、ラチェリアはクスリと笑って、アデルに手を引かれながら邸の中へ入っていった。

「ラチェリア嬢、ようこそお越しくださいました」

美しい笑顔で丁寧に迎えいれてくれたのは、アデルの母親で伯爵夫人のカーラ。話し方はおっとりとしているが、その雰囲気とは裏腹に、歯に衣着せぬ物言いをする女性だ。そして、その鋭利なひとことで相手の心にぐさりと重傷を負わせるカーラを、メリンダはとても気に入っている。

「カーラ様、遅くなりまして申し訳ございません」

「五分なんて遅れたうちに入りませんわ、お気になさらないで。それより、ラチェリア嬢に少し相談したいことがあるのです。あとで応接室に来てくださる？」

「はい、もちろんです」

相談というのは、二か月後に控えた、アデルのピアノのコンサートのこと。帝都の歴史ある教会で開かれる予定で、カーラはその準備のために毎日忙しくしている。ラチェリアはそんなカーラの相談相手になっていて、アデルの授業を終えたあとに呼ばれることがよくあるのだ。

最初にアデルの才能を見ぬいたのはラチェリアだった。アデルの軽やかに動く指はもちろん、本能的に曲の情趣を感じとり、音で表現するその才能に感激したラチェリアは、もっと本格的なピアノの指導者を付けるべきだとカーラに提言した。それに従ったカーラは、帝国でも指折りの指導者をアデルに付け、その結果、あっという間に姉たちを追いぬいてしまったのだ。それに気を良くしたアデルは、自分から進んで練習をするようになり、ますますピアノの腕を上げていった。

そんなアデルの話を聞きつけた、とある有名なピアニストが、アデルを自分のコンサートに特別ゲストとして呼んだ。

音楽に携わる者なら一度は立ってみたいと憧れを抱く、歴史ある大会場のステージに登場した小さな少女を見て、微笑ましげに拍手をした聴衆。中には、こんな大きなステージでは委縮してしまうのでは？　と、まるで我が子のことであるかのように、心配そうに見つめる者もいた。しかし、そんな聴衆の思いをよそに、プロ顔負けの迫力ある演奏をするアデルに、会場中の人々が魅了されたのは言うまでもない。かわいらしい容姿も手伝って、一躍時の人になったアデルは、ソロコンサートを開くほどの有名人になったのだ。

それにしてもたいした変わりようだ。以前は誰もが呆れるほどのわがままな問題児だったというのに、今では家族も屋敷の使用人たちも、アデルをばかにしていたほかの令嬢たちも、手の平を返したようにアデルと仲良くなろうとする。

「でも、お母さま。私のお勉強が先ですわ」

アデルが頬を膨らませた。

「ええ、もちろんよ。あなたのお勉強が終わったら、ラチェリア嬢を応接室にご案内して」

「いいわよ。リアは私が連れていくわ」

アデルはそう言ってニコッと笑うと、ラチェリアを自分の部屋まで連れていった。

アデルの自室に入ると、窓際に置かれた小さな丸テーブルの上に、刺繍を刺しおえていない白いハンカチが置かれていた。昨日まで刺していた刺繍とは違うようだ。

「まぁ、ディー。これはユリの花ね」

ラチェリアが刺し途中のハンカチを手にした。少し形が歪ではあるが、七歳の少女が刺したものにしては、なかなかの出来栄えだ。

「あ!」

アデルが慌ててラチェリアの手からハンカチを取りかえす。

「だめよ!　……これは、全然、上手じゃないの」

真っ赤な顔をして、胸元に刺し途中のハンカチを隠したアデル。ラチェリアはびっくりしたが、ハンカチに刺されている花がユリであることから、なるほどと気がついた。

アデルの婚約者であるフリックスはオバード子爵家の嫡男《ちゃくなん》で、その家紋にはユリの花が使われている。アデルは、フリックスにプレゼントをしようと思って、ハンカチに刺繍しているのだろう。

(フフフ、真っ赤になって。なんてかわいらしいのかしら)

わがまま令嬢と言われていたアデルだったが、それはフリックスの前でも同じだった。大好きの裏返しなのだが、素直になれないアデルは、ついフリックスにきつい口調で言葉を発してしまう。大人に対してなら照れかくしか、と微笑ましく思うことも、子ども同士となるとそうはいかない。

数日前にも、フリックスにきつい口調で言葉を発してしまい、「フリックス様にかなしい顔をさせてしまったの」と言って、アデルがその瞳に涙を浮かべていた。そこで、「お詫びに何かプレゼントをしたらどうかしら?」とラチェリアが提案をしたのだ。

「上手じゃないなんてことはないわ。ディーの気持ちがこもっていて、とても素敵な刺繍よ。きっとフリックス様も喜んでくださるはずだわ」

ラチェリアがそう言うと、アデルの顔がさらに真っ赤になった。

「べ、べつに、フリックス様にあげるなんて言っていないわ!　そんなんじゃないもん!」

「あらあら、私ったら。勘違いをしてしまったわ。ごめんなさいね、ディー」

ラチェリアは、顔を真っ赤にして、つんつんしているかわいらしいアデルを抱きよせた。

「でもね、私だったら、ディーが一生懸命刺繍してくれたハンカチをもらえたら、とてもうれしいわ。だから最後まで刺して完成させましょうね」

そう言ってラチェリアがアデルの髪をなでると、「……うん」とアデルは小さくうなずいた。

クラークソン伯爵邸を出て、ボトリング公爵邸に向かう馬車の中、ラチェリアの頬は緩《ゆる》みっぱなし。ユリの花の刺繍を仕上げたときの、アデルの笑顔はとびきりかわいかったし、おいしそうにマドレーヌを食べる満面の笑みも、幸せそうでかわいらしかった。

「恋をする女の子ね」

アデルは、天使の笑顔を誰にでも見せてくれるわけではない。だからこそ時折見せる、とろけるようなかわいらしい笑顔に、ハートを撃ちぬかれる人たちは多い。そして婚約者のフリックスも、アデルのそんなかわいらしい笑顔に、ハートを撃ちぬかれた一人に違いない。

急遽《きゅうきょ》、午後からフリックスとお茶会をすることが決まったことを知ると、アデルは頬を染めてうれしそうにはしゃいでいた。

ラチェリアが屋敷を出るタイミングでやってきたフリックスは、アデルが大好きな、オレンジ色のチューリップを両手いっぱいに抱えていた。そのときのフリックスの少し恥ずかしそうな顔がなんとも微笑ましかった。そしてアデルは、仕上がったばかりの、ユリの刺繍のハンカチをフリックスに渡すのだろう。それを想像するとますますラチェリアの頬は緩むのだ。

「私にもそんな時期があったわね」

ブラッドフォードに会いにいく日の前日は、楽しみでなかなか寝つけなかった。彼の好きなお菓子をたくさん用意して、本をたくさん袋に入れて……。きっとあのころのラチェリアは、アデルのように、恋をする女の子の顔をしていただろう。

（彼のことを思いだすのはいつぶりかしら？）

離婚したばかりのころは、毎日のように思いだしていた顔も、眉間のシワも、すっかり懐かしく感じるようになってしまった。それに、以前のように胸が苦しくなることはない。思い出に変わってずいぶんと時間がたったからだろうか。失恋の痛みを楽しむ余裕ができたとか、そんな格好いいことは言わないが、過去のことを思いだして落ちこんだり、知らぬ間に涙がこぼれたりしなくなったのは確かだ。

「彼も私のことなんて忘れて幸せになっているわね」

愛する恋人を妻に迎え、息子もいて、近い将来には王位に就《つ》く。長く不遇の時を過ごした幼なじみが幸せになってくれれば、ラチェリアの苦労も報われるというものだ。

「なんだか母親にでもなった気分だわ」

ラチェリアはクスリと笑った。

長くブラッドフォードの成長を見まもってきた、なんて言ったら怒られるだろうか？　でも、あながち間違ってはいないと思う。

（いっそのこと、本当に彼の母親だったら楽だったわね）

母親なら見返りなど求めずに、無償の愛を与えてあげることができた。

(……母親になるって、どんな気持ちかしら。……私に子どもがいたら)

アデルのようなおませな娘と、レオナルドのような甘えん坊の息子。それを慈しむ自分。もしそんな未来が自分にあるのなら……。

(……やめよう。叶わない夢なんてつらいだけだわ)

子どもを産めない自分を必要としてくれる人など、いるはずもない。それに今が幸せだ。今以上の幸せなど、あるはずがないのだから。

❋ ❋ ❋

オリヴァーが再婚を打診されたのは、しとしとと雨が降る、少しじめっとした日の午後。

皇帝オルフェンの執務室に呼ばれたオリヴァーは、ソファーに座り、テーブルを挟んで向かいに座るオルフェンの話を表情も変えず静かに聞いていた。

「お前がよければこの話を受けようと思っているが」

オルフェンがまじめな顔をしてオリヴァーに言う。

「兄上。私は結婚をする気はない、と何度も言っているではないですか」

「それはわかっているがな、皇女はいまだに諦めていないのだよ」

帝国より遥か西にあるドリンツ皇国は、その力を軽視できないほどの大国で、最近ユヴァレスカ帝国と友好関係を結んだばかり。その関係をより強固なものにするための、皇女ヴァレンティアとオリヴァーの結婚。

しかしオリヴァーはこれまで、ヴァレンティアからの再三の求婚を、ことごとく断ってきた。理由は簡単。皇女は十七歳と若く、オリヴァーより十歳以上も年下でしかも初婚。わざわざオリヴァーを選ばなくても、もっと皇女と年が近くて身分の釣りあう男など、ほかにいくらでもいるのだ。

「そうは言っても女心はわからんものだ。それにお前の見目に敵う男がそうそういるとも思えん」

「何をおっしゃっているのですか」

オリヴァーは外見のことに触れられるのを殊《こと》の外《ほか》嫌がる。その外見のせいで、幼いころにカルディナに付きまとわれ、嫌な思いをしているからだ。

「冗談だ」

「そんなタチの悪い冗談はやめてください」

オリヴァーはますます機嫌の悪い顔をした。

「すまない。怒るな。それで、この求婚を受けてくれるか？」

「……断ることはできないのですよね？」

「まぁ、お前に結婚したい相手でもいるなら断ってもいいが」

(結婚をしたい相手かぁ……)

これまでそんなことを考えたことはなかった。

「お前が結婚しない限り、皇女が諦めることはなさそうだからな」

「……わかりました。前向きに考えますので返事は待ってください」

「ああ、頼むよ」

十七歳の皇女ヴァレンティア。ふわふわとした雰囲気で、花畑がよく似合うかわいらしい少女。そんなヴァレンティアが子持ちのオリヴァーと並んでも、夫婦になど見えはしまい。もちろんレオナルドの母親になれるとも思えない。それに、オリヴァーが結婚をしたとしても、相手に求めるのは、十七歳の少女が夢見るような甘い生活などではなく、レオナルドを慈しむことができる母親だ。

しかも今はラチェリアがいる。彼女がいれば、無理に母親となってくれる女性を探す必要もない。レオナルドはラチェリアにとてもよく懐いているし、オリヴァーも気を張らずに接することができる。屋敷の中の雰囲気もこれまでよりずっと良くなったし、早く仕事を終わらせて屋敷に帰りたくなってしまうくらい居心地がいい。

それに、頑張れば休日の前の日とは言わず、普段でも月に一回くらいは屋敷に帰れるときもある。そんな日は、オリヴァーが護衛騎士の代わりに、ラチェリアをホーランド伯爵邸に送る。その馬車の中での会話もオリヴァーの楽しみのひとつだ。

「……私は結婚をする必要があるのか？」

「ん？」

オリヴァーの一人言はオルフェンには聞こえなかった。

「いえ、なんでもありません」

ラチェリアは母親ではないが、レオナルドにとっては母親とさして変わりない存在。それはつまり、自分が求めるような女性と、結婚をする必要はないということではないか。

（……ん？）

思わずオリヴァーは首をひねった。

「そういえば、ラチェリア嬢は元気か？」

オルフェンは、まるで今思いだしたかのように聞いた。

「兄上はよくご存じだと思いますが？」

評判が評判を呼び、他家の教育係も請けおうようになったラチェリアは、午前中は他家で仕事をし、午後から公爵邸に来るようになった。その状況に最初こそ不満そうな顔をしていたレオナルドだったが、最近はその生活にも慣れてきて、午前中のうちに宿題を終わらせて、午後はラチェリアにべったりと張りついているらしい。

「ああ、すこぶる評判がいい。うちの姫の面倒も見てもらいたいくらいだよ」

「ペリですか。確かに彼女もリアの手にかかれば、間違いなく素晴らしい淑女へと成長しますね」

「おいおい、まるでペリが淑女ではないみたいじゃないか」

「お転婆《てんば》娘ですよ」

オルフェンの三番目の娘であるペリアリスは、とても元気な十歳の女の子だ。

「今度、ラチェリア嬢に会わせてみるか」

「おやめください」

「なんだ？」

「これ以上リアを忙しくさせたくはありません」

「お？　心配か？」

「リアと会える時間が少なくなると、レオの機嫌が悪くなります」

間違いなく、オリヴァーが責められる。

「お前たち親子は本当にラチェリア嬢が好きだな」

「……べつに私は」

オリヴァーは黙りこんだ。

「ハハハハ、べつに否定する必要はない。ラチェリア嬢が来てから、お前の表情も明るくなったし、レオナルドも格段に成長をした。彼女の存在が、お前たちにいい影響を与えているのは、間違いないからな」

オルフェンの言葉は本当にそのとおりだ。いつの間にか彼女の存在は、オリヴァーやレオナルドだけでなく屋敷中を明るくしてくれている。

「……ありがたいことです」

そう言って微笑んだオリヴァーの顔を見たオルフェンは、まるで珍しいものでも見たかのように少し目を見はった。

「……お前は」

「は？　何か？」

「いや、なんでもない」

「そうですか。では、そろそろ私は仕事に戻ります」

「ああ、わざわざ悪かったな」

「いえ」

オリヴァーは立ちあがり執務室を出ていった。

その後ろ姿を見とどけてからオルフェンも立ちあがり、ゆっくりと窓に近づいて外を見た。先ほどまでしとしとと降っていた雨が強くなり、少し大きめの雨粒が窓ガラスにぶつかる。窓枠を伝い雫となって落ちる雨を見ながら思いだされるのは、自分の弱さとそれによって起こった悲劇。

オリヴァーが結婚をしたのは六年前。相手はヴァーノン王国の第二王女ユリーシカ。二人は政略結婚で結ばれたが、互いに歩みより、幸せな家庭を築いていこうと手を取りあう関係だった。しかし、当時のオリヴァーはとても忙しかった。それこそ、新婚であるにもかかわらず、仕事で数えるほどしか家に帰ることができないほど。

そんな中、妻ユリーシカが病を得た。最初は体がだるく微熱が続く程度で、軽い風邪と診断された。ただの風邪で大騒ぎをしたくないと思ったユリーシカは、使用人たちに口止めをして、オリヴァーには知らせなかった。ただでさえ、忙しくてあまり屋敷に帰ってこないオリヴァーに、余計な心配をかけたくなかったのだ。ただの風邪なのだし。

そう、ただの風邪のはずだった。だから、止まらない咳や、息苦しさも風邪ならよくあることだと、ユリーシカ自身も軽く見ていた。

それなのにいつまでたっても回復しない。それどころか、高熱が数日続き、胸を刺すような痛みや呼吸困難など、単に風邪というにはあまりに重い症状へと変わっていき、ベッドから起きあがることもままならなくなった。

オリヴァーがユリーシカの病状を知ったのは、症状が重症化してから。それからはあっという間で、肺炎で苦しみながらユリーシカは息を引きとった。レオナルドが生まれて四か月がたったころだった。

ユリーシカが重症化して、初めてオリヴァーに報告をしてきた当時の家令は、ユリーシカに口止めをされていたからだと言い訳をした。

オリヴァーは怒りのあまり、机をしたたか殴りつけた。が、自分こそ、仕事が忙しいと、生まれたばかりのレオナルドを任せっきりにし、ユリーシカの不調にも気がつかないような無責任な男だ。他人を責めるなど筋違いもいいところ。

オリヴァーにとってせめてもの救いは、ユリーシカを看とることができたことだった。

レオナルドが生まれ、これから幸せな家族になっていくはずだった。これから二人の関係はもっといい方向に向かうはずだった。二人は結婚をして一年しかたっていなかったのだ。

それを壊したのはオルフェン。まだ二十歳を過ぎたばかりの年若いオリヴァーを、軍の最高司令官に任命したから。

オリヴァーにはまだ早い、という周りの声を押しきったのは、オリヴァーが武に優れ、頭の切れる男だったというのもあるが、同時に三国を相手に、戦争と交渉をしていたあのころ、精神的に追いつめられていたオルフェンには、確実な味方が必要だった。無条件に背中を預けられる、信の置ける者。それが、オリヴァーだった。

結果、オリヴァーは最悪の形で妻を失ってしまったわけだが、その責任の一端がオルフェンにないとはとても言えない。オルフェンが若いオリヴァーに重責《じゅうせき》を負わせたことで、家族を顧みることもできなくなるほど、オリヴァーを追いつめてしまったのだから。

しかし、オリヴァーがオルフェンを責めたことは一度もない。すべて不甲斐ない自分が悪いのだとオリヴァーは思っているのだ。

「……」

オルフェンも国のためとはいえ、オリヴァーに望まない結婚を強いる気はない。

遥か西にあるドリンツ皇国の皇女からの求婚。今回、オリヴァーは前向きに考えると言ったが、断ることになるだろう。

「あの皇女がレオの母親になるのは無理だろうからな……」

レオナルドには母親が必要だ。オリヴァーにしても、ああは言っているが、そろそろ再婚を考えてもいいだろう。だが、それはきっと皇女ではない。彼らに必要な女性は……。

❋　❋　❋

定期的に行われているメリンダ主催のお茶会。

今日も華やかに着飾った夫人たちが、会話に花を咲かせている。流行のドレス、どこかの子息と令嬢の婚約、外国との国交。内容は多岐《たき》にわたり、当たり障《さわ》りのないところで会話を楽しんでいる。

「最近マリーネ領の鉱山から、新しい石が見つかったそうね」

情報通のレイラが、ここ最近のホットな話題を口にした。

「ピーナ伯爵が大騒ぎしているらしいわ」

「今まで見たこともないような、真っ赤な石だと聞いたわよ」

すでに皆が知っている話らしく、すぐに話題の中心となる。

「フレイヤ様に献上したらしいわね」

ジェシカがチラリとメリンダを見ると、彼女は大きく溜息をついた。

「そのようね」

皇后フレイヤが興味を示せば、それだけで価値は一気に上がっていく。そうなれば、市場に出ても簡単に手に入れることはできないだろう。

「ピーナ伯爵の執念《しゅうねん》が実って、よかったのではないかしら？」

クスクスと笑うアネリシャ。

実は、十年以上前の話ではあるが、アネリシャの夫プリトール伯爵は、件の鉱山をピーナ伯爵に出しぬかれて、手に入れることができなかったという苦い思い出がある。

しかし、プリトール伯爵はその後、別の鉱山を手に入れ、早々に鉄鉱石を見つけることに成功し、鉄製品を作ることでひと財産を築いた。そのときのピーナ伯爵の悔しがる顔が忘れられない、と言って笑うアネリシャは、当然のようにピーナ伯爵夫人と仲が悪い。

「そういえば、フレイヤ様のお茶会」

レイラが唐突に話題を変えた。そして、皆で溜息。

今日集まった女性たちの中で、皇后フレイヤのお茶会に招待されたのはラチェリアだけ。

「また何を考えていらっしゃるのか」

「今回の目玉はラチェリア嬢よ」

「私でございますか？」

レイラの言葉に驚いたラチェリア。

「なぜ私が？」

「噂の教育係をひと目見たいのでしょう」

メリンダがフンと鼻を鳴らした。

「ボトリング公爵邸に通う令嬢なんて、誰でも興味が湧くわ」

アネリシャはそう言って紅茶に口を付けた。

いずれはそのように言われることもあるだろうとは思っていたが、まさか皇后フレイヤにも目を付けられるとは。

「カルディナ様が何か言ったのでしょう」

ミシェルは、フランボワーズをかけた甘酸っぱいケーキを食べて、紅茶を飲んだ。

「本当に、面倒を起こすのが好きよね、あの方は」

どうやら、ラチェリアのことが気に入らないカルディナが、フレイヤに話をして、今回のお茶会に呼んだのだろう、ということらしい。あくまでも夫人たちの想像の話だが。

「フレイヤ様も言われるがままね」

ジェシカがやれやれと言わんばかりに溜息をつくと、カーラがそれに続くように言葉を足した。

「カルディナ様も品のないことをするわ」

「どういうことでしょうか?」

ラチェリアは話を理解できずにきょとんとしている。メリンダは名前を口にするのも嫌なのか、不機嫌な顔をした。

「フレイヤ様は、カルディナの言うことをなんでも聞くの。だからカルディナは、フレイヤ様を自分の都合のいいように利用しているの」

「問題が起こっても、すべてフレイヤ様の責任にすることができるから」

「それに陛下は、フレイヤ様のなさることにはあまり口を出さないの」

ジェシカとカーラも困ったような顔をしている。

つまり、そのお茶会で何か起こっても、大きな問題になることはなく、泣き寝入りする可能性がある、とそういうことか。

「カルディナ様の趣味は褒められたものじゃないけど、どうせこのまま何事もなく過ごすことなんてできないのだし、かえっていい機会ではないかしら？」

アネリシャがクスクスと笑った。

私たちも散々引っかきまわされたから、と夫人たちは笑っているが、ラチェリアの顔は引きつっていた。

「フレイヤ様は少し思いこみが激しいのよね」

思いだしたような顔をしているミシェル。

「幼稚なのよ、あの方は。頭にお花が咲いているの」

「そんなことを言ってはいけないわ。かわいそうな方なのよ。あの方は」

フンと鼻を鳴らしたメリンダに対してジェシカは溜息。

フレイヤに対してきつい言葉を投げかけてしまうメリンダは、決してフレイヤを嫌ってそのような態度を取ってしまうわけではない。しかし現実に目を向けず、オルフェンの思いにも、側妃《そくひ》ディアドラの献身にも気がつかないフレイヤが、メリンダにはどうしても許せないのだ。

なぜ、メリンダにとって完璧な兄であるオルフェンが、フレイヤを選んだのか……。

メリンダはいまだに納得できる理由を見つけられずにいる。

敗戦国の人質としてやってきたフレイヤは、オルフェンが妻に迎えなければ、前皇帝ザッカリーの慰《なぐさ》み者にされていた。

味方のいないこの帝国で、フレイヤが唯一頼れるのは夫であるオルフェンだけ。かわいらしく甘え上手だったフレイヤは、それ以外に取柄がない。運が良いのか悪いのか、居すわってしまった皇后の座は、精神的に未熟だったフレイヤには荷が重すぎた。皇后としての務めもままならず、お飾りと呼ばれて久しいフレイヤは、親切なカルディナを身近に置き、自分を冷たく見おろすメリンダを恐れ、遠ざけた。

カルディナの取り巻きたちも、フレイヤに優しくしてくれるし、メリンダを中心とした怖い夫人たちから自分を守ってくれる。フレイヤにとって、カルディナとカルディナの取り巻きたちは、自分を大切にしてくれる、素敵な人たちなのだ。

でもメリンダは違う。わざと大きな溜息をついて、フレイヤに厳しい言葉を浴びせるし、いつも「皇后としての自覚を持ってください」と嫌味を言う。

「いつもいつも、メリンダは怖い顔をして私を見て、大袈裟なくらいに首を振って。私だって自分が皇后であることを自覚しているわ。ちゃんとわかっているのに。オルフェンの妹だからって大きな顔をして。メリンダは、私のことをばかにしているんだわ」

カルディナを宮殿に呼びだしては、ぐずぐずと泣きながら、そんな愚痴を言っているというのは夫人たちのあいだではとても有名な話。

現在、公務はオルフェンの二番目の妻である、側妃ディアドラがすべて行い、か弱く哀れなお飾りの皇后は、自分の時間を気ままに過ごしている。

そんな少し面倒なフレイヤが、皇后としてその座を温めつづけることができているのは、オルフェンとのあいだに子を五人も儲《もう》けたから。そしてオルフェンに愛されているから。

それに、フレイヤが皇后となってしばらくは混乱していたが、今では側妃ディアドラのお陰で、公務は滞《とどこお》りなく行われ、以前のように高官が青い顔をして、宮殿内を走りまわることもなくなった。

そうなるとますますフレイヤはお飾りでしかなくなるのだが、哀れな皇后の心が穏やかであれば、それが皆にとって最善であると、メリンダは無理やり納得するようにしている。

「まぁ、とにかくフレイヤ様は仕方がないとして、カルディナが突っかかってくるでしょうから覚悟をしておいたほうがいいわね」

メリンダはラチェリアを見てニコリと笑った。ラチェリアは心の中で大きく溜息をついた。

第二章　お飾りの皇后

オルフェンがフレイヤと初めて会ったのは、フレイヤが人質として帝国に送られてきた日。皇帝ザッカリーへの貢ぎ物、と誰かが品のない言葉で称した姫の乗る馬車を眺めながら、オルフェンは「哀れだな」と呟いた。

（好色の父は、十六歳の姫を妾《めかけ》の一人に加えるのだろう。母の嫉妬が彼女に向かなければいいが）

儚げでかわいらしい顔をしたフレイヤは、自国で蝶よ花よと育てられたと聞く。豪胆な長女や、頭脳明晰な次女のような特筆すべき点がないのは、その愛らしさだけが彼女の武器だから。そして、その愛らしさを武器に、男を陥落する手練手管《てれんてくだ》もない姫だから。だから生きのこることができた。殺す必要がなかったから。

そして、そんな殺す必要もないと言われた姫が、唯一自国のために役に立つことが、かつての敵国にその身を差しだすことだった。

肌にひとつのシワもない娘を好むザッカリーにぴったりの姫。しかし、そんな哀れな姫は、今にも倒れてしまいそうなほど青い顔をして、侍女に支えられながら馬車を降りてきた。

「明日には死んでしまいそうだな」

オルフェンは属国の姫になど興味はない。これまでも若い娘が何人も父の妾になったが、どの娘もかつての若々しさを失い宮殿を去っていった。あの娘も例にもれずそうなるのであろう。

オルフェンは踵《きびす》を返してその場を離れようとした。と、そこへ間もなく二歳となるオリヴァーがよちよちとやってきた。

「にいたま」

少し前まで這い這いで動きまわっていたはずだが、いつの間にか上手に歩くことができるまでに成長した弟を見て、オルフェンは思わず目を細める。二人の年の差は二十一と、親子と言ってもいいほどだが、同腹《どうふく》の兄弟。ともに皇后の実子だ。

「オリヴァー」

とたんに頬を緩めたオルフェンが、一生懸命歩いてくる様子を堪能して、自分のもとまでたどり着いたオリヴァーを抱きあげた。オリヴァーを見まもっていた乳母と侍女は、離れた所で控えている。

「ずいぶん大きくなったな」

しばらく忙しくしていたこともあって、オリヴァーと会うのは一か月ぶりくらい。

「オリねぇ、とまとたべたよ」

そう言ってかわいらしい笑顔を見せたオリヴァー。

「そうか、えらいぞ。丸ごとひとつ食べられるようになったか？」

「オリはねぇ、とまと、さんこもたべた」

オリヴァーの言うトマトとは小粒のベビートマトのことだろう。オルフェンの親指ほどのサイズの甘いトマトだ。

「そうか、三個も食べたのか。そんなに食べたら、オリヴァーはすぐに大きくなってしまうな」

「にいたまのが、おおきいよー」

「そうだな、兄さまはお前より大きいな」

最近よくしゃべるようになったとは聞いていたが、こんなにしゃべると愛らしさが一層増して、いつまでも話をしていたくなる。

「お前が私の子ならいいのにな」

そう言って、オルフェンはオリヴァーを抱く腕に少し力を入れた。オリヴァーからは幼児らしい甘い匂いがして、その体はふわふわと柔らかい。

「……」

オルフェンには、婚約者であるディアドラと結婚をして、子をなす未来が想像できない。それならいっそ、オリヴァーを養子にもらったほうがいいのでは？　と本気で考えたこともあるほどだ。

オルフェンの婚約者であるディアドラは、幼なじみでフェイルトン伯爵家の三女。しかし、そのディアドラには心を寄せている相手がいる。彼の名前はロードナー・メテオ・ズーリック。侯爵家の次男で、彼もまたオルフェンの幼なじみだ。

ディアドラとロードナーが惹かれあっていると知ったのは、ディアドラがオルフェンの婚約者となるよりずっと前。もちろんオルフェンも二人を応援していた。二人はお似合いのカップルで、ゆくゆくは結婚し、ロードナーの父が持つ子爵位《しゃくい》を継《つ》げばいい、なんて三人で話をしたこともある。

そんなディアドラは、オルフェンの婚約者候補の一人。オルフェンと年が近く、勉学に優れ、容姿も端麗で適度な社交性がある彼女は皇太子の婚約者として申し分ない。ただ、伯爵家であることから、オルフェンの後ろ盾としては弱いと言われていたため、婚約者にはほかの候補者が選ばれるだろう、とオルフェンは思っていた。それはディアドラとロードナーも同じ。

しかし、二年前。ディアドラがオルフェンの婚約者に決まった。なぜディアドラを婚約者に？と疑問が湧いたが、家柄以外でディアドラに勝る令嬢がいないというのが理由だった。

だが、ディアドラはロードナーと思いあっている。それを知っているオルフェンは、何度もディアドラとの婚約を考えなおすようにと訴えたが、それが聞きいれられることはなく。結局話はとんとんと進み、半年後には結婚することも決まっている。

それにより、三人の関係が一変したのは言うまでもない。決して仲違いをしたわけではないが、これまでと変わらず三人で過ごすことなんてできるはずもないのだ。

もしディアドラがロードナーと顔をあわせれば、その心が揺らいでしまうかもしれない。罪悪感に苦しむ友人を責めてしまうかもしれない。憎んでしまうかもしれない。

だから二人の婚約が決まってから、ロードナーが宮殿に顔を出すことはなくなり、ディアドラがロードナーの名を口にすることもなくなった。

ディアドラは、粛々と皇太子妃となるべく勉強をこなした。もともと優秀なディアドラは、多くを学ぶ必要がないほどで、教師たちは口々に彼女を褒めた。オルフェンは申し訳なく思う気持ちと、高く評価される友人を誇らしく思う気持ちが葛藤し、複雑な思いだった。

しかし、そんな二人の関係がさらに変わる出来事が起こった。ロードナーが病を得て倒れたとの知らせを受けたのだ。しかも、当時の医療では治療することが難しく、不治の病と言われていた難病。咳や熱などの症状は以前から出ていたが、ロードナーはそれを風邪だと思っていて、医師が診察をしたときにはかなり進行してしまっていたとか。

知らせを聞いて膝から崩れおちたディアドラは、そのとき初めてオルフェンに涙を見せた。ロードナーへの思いを封印し、皇太子妃として生きることを決めたディアドラが、初めてその胸の内の苦しみを見せたのだ。

それでも、ディアドラの立場では言葉にしてはならないことがある。だから、神に祈り、泣くことしかできない。その姿に心を痛めたオルフェンが、ディアドラの肩を抱いた。

「泣くな。すぐに馬車を用意させる。心配することはない」

そう言って、一番速い馬車に乗せロードナーのもとにディアドラを送りだしたのは、一昨日の話。

「……できることなら、二人を添いとげさせてやりたいが。……なぁ、オリヴァー」

きょとんとした顔でオルフェンを見つめていたオリヴァーが、こくんとうなずく。

「ハハハ、やっぱりお前もそう思うか」

「うん、おもうよー」

「……よし。決めた」

この判断が間違っていることはわかっている。自分の首を絞め、苦労をすることだって容易《ようい》に想像ができる。それでも、やはり自分はそうしないといけないような気がしている。

オルフェンはオリヴァーを乳母に渡した。

「オリヴァー、兄さまは頑張るぞ」

そう言ってオリヴァーの頭をなでると、踵を返して早足でその場をあとにした。

オルフェンが向かった先は謁見《えっけん》の間。すでに人はそろっていて、ザッカリーの前に跪《ひざまず》く、フレイヤの弱々しい後ろ姿が見えた。

オルフェンは所定の位置に立ち、フレイヤを見つめた。顔を青くしてうつむくフレイヤの未来は、それを望もうと望むまいとすでに決まっていて、あらがうことはできない。フレイヤには。

「父上！」

「……なんだ」

下卑《げび》た目でフレイヤを舐めまわすように見ていた皇帝ザッカリーが、オルフェンの声に片眉を上げた。

「その娘、私にください」

「なに？」

「その娘を私の妻に迎えたく存じます」

「……お前、本気で言っているのか？」

「はい。ひと目見て気に入りました」

「……くだらん」

ザッカリーはまったく相手にしていないのか、フンと鼻を鳴らした。しかしザッカリー以外の人間はそうではない。オルフェンの思いがけない言葉に、その場は騒然《そうぜん》とした。

「よろしいでしょうか？」

口を開いたのは、ディアドラとの婚姻を進めているパッシェ・ジョー・ファジャット侯爵。

「殿下はすでにディアドラ・リカ・フェイルトン伯爵令嬢と婚約をしております」

「ああ、その婚約は解消する」

オルフェンはなんでもないことのように言い、パッシェは目を見ひらいて顔を赤くした。

「何をおっしゃっているのです！　結婚式は半年後に迫っているのですよ！」

「ああ。だが、ディアドラは好みではなくてね。私は、その娘のような、守ってあげたくなるような女性が好きなんだ」

「し、しかし……」

やっとの思いでディアドラの父フェイルトン伯爵を説きふせたのに、いきなり婚約解消とはあまりに横暴。パッシェは嫌な汗が背中に流れるのを感じた。そんなパッシェを気にすることもなく、オルフェンはザッカリーを見た。

「父上、母上がぼやいていらっしゃいましたよ」

「……」

「オリヴァーが生まれたばかりだというのに、もう新しい妾を迎えるなら、二度と寝室を共にしないと」

オリヴァーが生まれて、二年近くがたとうとしているが、子どもに興味のないザッカリーにはそんなこと知る由もない。しかし、皇后シェフリの言葉は聞きのがせない。

「……うむ」

若い女を好むザッカリーが、どれだけ年をとっても変わらず愛しつづけているのはシェフリだけ。もし、シェフリが怒って離縁を突きつければ、ザッカリーは必死にシェフリの機嫌をとるはずだ。

「父上が手に入れてくれた茶器を母上がとても気に入って、父上とお茶を飲むことを楽しみにしていらっしゃいましたが」

「……そうか」

その言葉に気をよくしたのか、ザッカリーがニヤリと笑って立ちあがった。

「……いいだろう、その娘はお前にくれてやる」

「ありがとうございます」

そう言ってオルフェンが頭を下げると、ザッカリーはフレイヤを見ることもなく、謁見の間をあとにした。

(父上の機嫌がよくて助かった。もしタイミングを間違えていたら、大事になっていたはずだ)

オルフェンはほっと胸をなで下ろす。

オルフェンとザッカリーが話しているあいだ、フレイヤは何がなんだかわからずにじっと二人を見つめていた。ただ、フレイヤをくれと言っている若い男が、皇帝の息子であることは理解できた。

(あの人と結婚をするのかしら?)

目の前に座る皇帝の妾になるのだと思っていたフレイヤは、ただ恐ろしくて震えているだけだった。どんな酷い目にあうのかと思うと、いっそのこと死んでしまったほうが楽かもしれないとさえ思えた。

でも、もしフレイヤが自死したら、自国はどんな扱いを受けるのだろうか？ もっと多くの人の命が奪われるのではないだろうか？ そんなことを考えて、ますます身がすくんでいった。

「おい」

不意に声をかけられて顔を上げたフレイヤ。気がつけば、目の前には皇帝の息子。

「何をぼうっとしている」

「ごめんなさい……！」

フレイヤは慌てて頭を下げた。その言葉は片言。

「……付いてこい」

オルフェンはそう言って踵を返して歩きだした。フレイヤは慌てて後ろを付いていく。そしてオルフェンが向かった先は客用寝室。

「ここは？」

「しばらくここで過ごせ」

まさか皇太子自ら案内をしてくれるとは思わなかった。

「あ、あの」

「なんだ」

「わたし、これからどうする？」

「……」

顔を青くしているフレイヤ。ザッカリーの妾からオルフェンの妻に変わったが、彼女にしてみたらたいして違いはない。異国の男に売られた事実は変わらないのだから。

かわいらしく花のように可憐な風貌と、鈴の音のような声。目の前で不安そうな顔をしている姫は、皆に愛され守られて、春の陽だまりのような優しい世界の中で生きてきたのだろう。しかし、これからは違う。姉たちのような飛びぬけた才能を持たない、厳しい言葉で言えば凡人のフレイヤが、これからは皇太子妃として未来の皇后として、周囲からの嘲笑《ちょうしょう》や侮蔑《ぶべつ》と戦いながら、生きていかなくてはならなくなったのだから。

しかもその理由が、オルフェンの大切な友人たちの幸せのためだなんて言ったら、目の前の姫はどんな顔をするだろうか。怒るだろうか、かなしむだろうか。

(まぁ、そんなことは私にはどうでもいいことだけどな)

オルフェンはフンと鼻を鳴らして口角を上げ、フレイヤを見た。

「あなたは私の妻になり、皇太子妃となる」

「……え？」

フレイヤが驚いたように目を見ひらいた。

「皇太子妃、だ」

フレイヤにわかるようにゆっくりと繰りかえしたオルフェンは、そのとき初めて顔を上げたフレイヤを正面から見た。

「……」

腰まで伸びたブラウンの髪は緩くうねり、緑色のヘーゼルアイは目が離せなくなりそうなほど美しい。じっと自分を見つめている潤《うる》んだ瞳に、オルフェンは思わず息を飲んだ。その澄んだ瞳は何も求めず何も与えない。

そんな冷たさをはらんだフレイヤの瞳から、オルフェンは目を逸《そ》らすことができなかった。

「こうたいしひ？」

「……そうだ」

オルフェンを見つめたまま動かないフレイヤ。

「あなたに拒否権はない」

「しない、そんなの」

先ほどまで青い顔をしていたフレイヤの頬にわずかに赤みがさした。

「……そうか」

「あの……ありがとございます」

「何を、礼を言う必要がある」

「あの、たすけてくれた」

「……勘違いしないでくれ。べつに助けたわけではない。これからあなたが進む道は、平穏とは程遠いものとなる。妾として生きていたほうがよほど幸せかもしれないのだからな」

「ごめんなさい、わからない。……ありがとう」

「……そうか」

(言葉がわからないか)

「……数日のうちにあなたの部屋を用意する。侍女を付けるから、何かあったらその者に言ってくれ。では」

そう言うと踵を返した。

「あの！」

フレイヤの声に足を止めるオルフェン。

「よろしくおねがいします」

「……」

オルフェンは溜息をついた。

「特にあなたに求めていることはない。ただ、がっかりはさせないでくれ」

「もし、がっかりさせたら、わたしどうなる？」

「……さぁな」

「すてる？」

「そうかもしれないな」

「……がんばる」

「そうしてくれ」

オルフェンは、自分を見つめる、フレイヤの頼りない笑顔に気付かないふりをして、踵を返した。

（……あれは魔性だな）

あっという間に心を絡めとられ、逃げだす気もない己には呆れてしまう。

（私はこんなに惚れっぽい男だったか？）

これまで、自分にすり寄ってきた女性は数知れない。そのほとんどが、オルフェンの身分と将来の地位に目がくらんだ者ばかり。中にはそうでない者もいたかもしれないが、決して欲がまったくない者などいなかっただろう。

しかし、フレイヤはそうではない。これまで羨望《せんぼう》の眼差しを向けられる者として生きてきたその瞳には、媚びた影はない。この世にそんな感情があるなんて知らないのかもしれない。フレイヤはそう感じさせる女性だった。

それからひと月のうちに、オルフェンとディアドラの婚約が解消された。それを告げられたとき、ディアドラは涙を流した。

「ごめんなさい、オルフェン。ありがとう」

「そんなことを言うな。私が望んだことだ」

ディアドラは余命が幾ばくもないとわかっていても、ロードナーと一緒にいたいと願ったが、それを叶えることはできないと諦めていた。その叶うはずのない願いを叶えてくれたオルフェンには、感謝しか伝えられる言葉がない。

自分のわがままで、どれだけ混乱を招いたかを知らないわけがない。優しい父は何も言わなかったがきっと複雑な思いだろう。ディアドラを皇太子妃に迎えるために、必死に根回しをしてきたパッシェががっくりと肩を落とし、頭を抱えていることだってわかっている。自分の願望だけで勝手に決めていいことではない。それでも、その道を望んでしまった。

「いつか、必ずこの恩を返すわ」

「やめてくれ。私は友達の幸せを願っているだけだ」

「……ありがとう」

フレイヤの皇太子妃教育は、まったく進んでいないと聞いた。末の娘として、甘やかされて育った姫だ。新たに異国の文化や歴史を学ぶとなれば、長い時間をかけて教育を受けるべきなのに、フレイヤはユヴァレスカ帝国に来て一か月。片言の言葉では意思の疎通も難しく、すでに教師たちが頭を抱えているらしい。

それはフレイヤも同じで、言葉が通じずこれまでになく厳しい教育を受けていることもあってストレスが溜まり、部屋に閉じこもったり、癇癪《かんしゃく》を起こしたりすることもあると聞いた。

オルフェンはそんなフレイヤの様子を見にいっては、片言の愚痴を聞いて慰めている。いつの間にか、すっかりフレイヤを愛おしく感じるようになってしまったのだから、なんとも単純な男だ。教師たちの愚痴まで聞いているのはどうなのだと思うが、自分のわがままにつきあってくれているのだから仕方がない。オルフェンを幼いころから教育してきた優秀な教師たちだ。どうにかフレイヤをそれらしく育ててくれることを願う。

ディアドラとロードナーは、死が二人を分かつときまで穏やかな時間を過ごした。しかし二人は結婚をしなかった。ロードナーが頑なに拒否をしたのだ。ロードナーの死後、ディアドラがほかの誰かと幸せになることを願ったロードナーの希望だった。

二人が一緒に過ごした時間は三年。ロードナーは医師が宣告した余命より二年も長く生きた。

「本当にいいのか？」

ロードナーがはかなくなり、喪に服してから一年。ディアドラがオルフェンのもとを訪ねてきた。

「ええ。もちろん子どもなんて望んでいないわ。あなたとそういう関係になろうと思っているわけじゃないから。ただ、あなたの役に立ちたいと思っているだけなの」

二年前に皇帝の座に就いたオルフェンは、病を得てあっという間にはかなくなった前皇帝ザッカリーの後始末に追われ、働きづめの日々。

そして、突然皇后となってしまったフレイヤが、唯一その役割を果たしたとするなら、それは男児を二人産んだこと。しかし、それだけだ。公務でも社交の場でもうまく立ちまわれず、すでに人々はフレイヤにその責任を求めなくなってしまった。

そんな状況だったから正直なところ、ディアドラの申し出はありがたかった。これまで側妃を迎えいれることを考えなかったわけではない。しかしそれは、あくまでもフレイヤにはできない仕事を請けおってくれる、身代わりのような存在だ。余計な争いを避けるために、側妃とのあいだに子をなすことは望まず、ただ皇后の代わりに仕事をしてくれる、理解ある女性。あまりに都合のいい話に、打診をすることさえはばかられるのに、ディアドラが自らその役目を買って出てくれたのだ。

「しかし……」

「私はこれから先も結婚をする気はなかったの。だけど、あなたが必要としているのなら別よ。フレイヤ様の仕事は私が引きうけるわ」

皇太子妃となるべく学んでいたディアドラの優秀さは、オルフェンもよく知っている。

「すまない」

「そんなふうに言わないで。いつか恩を返すと言ったでしょ」

そう言って笑ったディアドラの顔には、小さな笑いジワがあって、それを見たオルフェンは思わずほっとした。きっとロードナーと幸せな三年間を過ごしたのだと知ることができたからだ。

程なくして、ディアドラを側妃として迎えいれることが決まったとき、フレイヤは「まぁ」と胸の前で手を合わせて喜んだ。

夫と親しいが男女の仲ではない女性。礼儀正しくフレイヤに頭を下げ、フレイヤが健やかに過ごせるように助けてくれるという優しいディアドラ。端正な顔立ちだが特別美しいわけでもなく、さっぱりとした性格で、これまでフレイヤに意地悪をしてきた令嬢たちとは違う、身代わりを買って出た都合のいい側妃。

「これからよろしくね、ディアドラ」

「はい、一生懸命務めさせていただきます」

フレイヤはそんなディアドラを満足そうに見つめ、オルフェンに花のような笑顔を向けた。しかしその笑顔は出あったときのそれとは違う。オルフェンに恋をした少女は、夫の心を離すまいと縋《すが》るように見つめる女の目をしていた。そしてオルフェンは、そんなフレイヤに変わらぬ愛情を注ぐ愚かな男だった。

第三章　オリヴァーの自覚

オリヴァーは屋敷の執務室で溜息をついていた。先日オルフェンに打診をされた、ドリンツ皇国の皇女ヴァレンティアからの求婚について考えると、頭が痛くなるのだ。

前向きに考えるとは言ったものの、相手は十七歳と若く、どう考えてもレオナルドの母親にはなれそうにない。自分が必要としているのは、レオナルドのことを大切に思ってくれる母親だ。それに、屋敷の仕事を任せられるしっかりした人ならなおのことよい。というより、それ以外の女性は必要ない。しかしヴァレンティアは、オリヴァーに対して恋心を持っていて、きっと甘い結婚生活を夢に見ているはず。オリヴァーは、そんなヴァレンティアと結婚をする気には、どうしてもなれないのだ。

だが、これですでに四回目の求婚。ここまで断っているのに、折れない鋼の精神には呆れを通りこして感心してしまうが、感心して終わりではいられない。先延ばしにはできないし、簡単に決断もできない。

「いや、でも、リアがいるのだから、レオナルドはこれまでどおりリアに任せれば問題はない。皇女に母親の役割を求める必要もない。屋敷のこともリアが手伝ってくれているから滞ることがなくなったとペドロが言っていたし。……そうか、リアがいてくれれば何も問題はないのか」

よいのか悪いのか、ラチェリアが仕事を手伝ってくれるようになってから、オリヴァーの負担もかなり減った。お陰でレオナルドと過ごす時間が取れるようになり、これまでになくレオナルドとよい関係が築けるようになった。

屋敷内の雰囲気がずいぶんと明るくなったのもラチェリアのお陰だ。

「……」

自分に必要なのはラチェリアではないのか？　レオナルドにもこの屋敷にも。

「……気がつかなかった」

あの心地のよい声を聞きながら過ごす休日が、特別であることにも、自分にとって彼女が家族のようになっていることにも。

休みの日には三人で出かけることもある。そのときには、レオナルドを真ん中にして三人で手をつないだ。

ラチェリアにささやかではあるが贈り物をしたこともある。それはいつもありがとう、という感謝の気持ちを込めたものだが、ラチェリアはとても喜んでくれた。

ラチェリアの刺繍が素晴らしいとミシェルから聞いたので、ぜひ見せてほしいと言ったら、自身が刺した刺繍のハンカチをプレゼントしてくれたことがある。そのハンカチが素晴らしい出来だったので、オリヴァーはそれを使いもせず持ちあるいている。それを見た部下のアーノルドがニヤニヤとしていたが、そのときは、なぜアーノルドがあんな顔をしているのかわからなかった。

だが、今考えてみれば、彼女が刺してくれたハンカチは、ボトリング公爵家の家紋でもある、白い鹿とその時期にきれいに咲いていた紫のラベンダーだ。決してラチェリアに特別な意味があったわけではないと思うが、周りはそうは思わないだろう。そしてオリヴァーは、ラチェリアから贈られたハンカチを大切に持ちあるいている。と考えれば。なるほど。アーノルドは、オリヴァーとラチェリアがいい関係である、と勘違いをしたのだろう。

オリヴァーは深く長い溜息をついた。

「……とんでもない話だ」

(いや、でも)

もしかしたら、ラチェリアもそんなふうに感じていたのだろうか？　そうであるなら、なんて自分は無神経だったのだろう？　思わせぶりな態度をしておきながら、放置していたことになるのだから。しかし、気がついてしまった以上このままにしておいていいはずがない。ラチェリアは自分たちにとって必要な人だ。

「リアと話をしなくては」

オリヴァーは立ちあがると部屋を出ようとした。

(何を？　求婚でもするのか？)

オリヴァーは立ちどまり、大きな溜息と共にしゃがみ込む。

またもや無神経に、勢いで行動を起こそうとしてしまった。だいたい、ラチェリアが自分に好意を持っているかもわからないのに。

「それとなく確認をしてみるか？　それともレオに聞いてもらうとか？」

（……情けない。息子の力を借りようとするなんて、どうかしている。いや、その前に、私自身は彼女に好意を持っているのか？）

「……」

オリヴァーは大きな溜息。

「これが好意でなかったらなんだというんだ……」

彼女との時間を取るために、彼女がいるときは仕事をしないようにしているのだから。いや、レオナルドと過ごすための時間なのだが、そこにラチェリアがいないとなんとなく物足りない、満たされない気持ちになる。それはきっとレオナルドも同じだ。

二人でラチェリアを探して、屋敷中を歩きまわるイベントが発生したときは、レオナルドと協力して、ラチェリアがいそうな場所を二人で探しまわるのが楽しかったし、見つけたときは大いに盛りあがった。いつの間にか、ラチェリアを中心にボトリング公爵家が回っていることを、否定することはできない。

これは恋情か？　と聞かれればわからない。でも、ラチェリアを失いたくはない。それに、あんなに魅力的な女性が、いつまでも一人でいるはずがない。

「ずっとこのままでいられるわけがないよな」

オリヴァーは何度目になるのかわからない溜息をついた。

ドアの向こうから、レオナルドの楽しそうな笑い声が聞こえる。

❋　❋　❋

カルディナ・ペスカ・メイフィン公爵夫人と、主にその派閥に属する令嬢たちが招待された、皇后フレイヤのお茶会。

「ラチェリア・ホーランドと申します」

ラチェリアがあいさつをすると、フレイヤはラチェリアの手を握って、「お友達になりましょう。私のことはフレイヤと呼んでちょうだいね」とかわいらしい笑顔を向けた。

ラチェリアが案内されたのは十人ほどが座れる丸テーブル。そこに居ならぶ令嬢たちを見て心の中で溜息をつく。

ラチェリアの正面に、体のラインにぴったりと添った真っ赤なドレスと、ドレスに負けないくらい真っ赤な口紅を塗ったカルディナ。その横に、水色の軽やかなフリンジを重ねた、かわいらしいドレスを着たフレイヤ。その周りを固めるのは、カルディナの派閥の令嬢たち。

楽しそうな会話が弾む中、一人その輪に入れてもらえないラチェリアは、香り高い紅茶を飲みながら、事前に覚えた令嬢の特徴と、聞こえてくる会話をもとに、名前と令嬢の顔を一致させていた。

(こういうときは、王太子妃として過ごした経験が役に立つわね)

ラチェリアが王太子妃として過ごしてきた時間も、なかなか厳しいものだった。王妃に嫌われていたことが大きいが、アラモアナ派の令嬢たちも、王太子妃の座についたラチェリアをあからさまに嫌悪していたのだ。それにブラッドフォードの、ラチェリアに対する冷淡な態度も、アラモアナ派の令嬢たちに勢いをつけさせた。だから嫌味も無視も、お茶会では珍しいことではない。つらくなかったわけではないけど、その中で手に入れたスキルもあるから、決して無駄な時間ではなかった。

(それに無視くらいならどうってことないわ。一番つらいのは時間が長すぎることね)

楽しい時間はあっという間だが、苦痛が続く時間は、異常なほど長く感じるもの。少しでも楽しいことを考えていないと、この時間が永遠のように感じてしまう。だから、腹がいっぱいにならないように、少しずつ目の前に置かれたクッキーをかじっていた。

(あら？　このクッキーは、中にチョコレートが練りこんであるのね)

見た目と違い、クッキーの内側はしっとりとしている。

(こんな食感は初めてだわ)

それに、チョコレートの苦みと、クッキーの甘みが程よく、何枚でも食べられそうだ。

「そういえば。ご存じですか、フレイヤ様、カルディナ様」

大袈裟に声を上げた令嬢は、最近カルディナが侍らせているお気に入りの一人。

「まぁ、何かしらマネリー嬢」

カルディナの少々大袈裟な返事に、令嬢たちが会話をやめて視線を集中させた。

「最近、変な噂を聞きましたの。どこかの田舎娘が、伯爵家に取りいって養女になったとか」

マネリーの言葉を聞いて、ほかの令嬢たちもひそひそと話を始める。どうやら令嬢たちのあいだでは有名な話のようだ。しかし、ラチェリアはそんな話になど興味がない。なぜなら今は、口の中で混ざりあったクッキーの、絶妙な味と、食感を楽しむことで忙しい。

「まぁ！　そんな図々しい娘がいるの？」

カルディナの声もずいぶんと大きい。もちろんその声が聞こえなかった人など、この会場にはいないだろう。カルディナは口元を扇で隠し、ラチェリアを蔑《さげす》むような目で見た。が、ラチェリアは紅茶を飲んでその視線を無視した。

「はい！　しかも、伯爵と友人関係にある、高貴な方の屋敷にも入りびたっているとか」

「フン、本当にみっともない娘ね」

カルディナがラチェリアを睨《にら》みつけても、ラチェリアは静かに微笑むだけ。

ラチェリアのスルースキルは、婚約者候補のときに身につけたもの。当時はつらかったが、こうして役に立つときが来るのだから、皮肉なものだ。

それに、田舎者というのも、伯爵家の養女になって、高貴な方の家に入りびたっているというのも、言葉は悪いが間違ってはいない。

「本当に、そのような娘がホーランド伯爵夫妻の養女になるなんて、お二人は何をお考えなのでしょうね？」

ふた席ほど離れたイスに座る令嬢が、ラチェリアに冷たい視線を向けてきた。

「……」

(名前を伏せているから問われないことも、家名を出してしまえば失言となるのに)

しかし、この空間ではそれを気にする必要もないということなのだろう。

「あの方たちは、変わり者で有名だもの。何も考えずに、気まぐれに拾ったのではなくて？」

その隣に座る令嬢がすぐさまそれに応える。

「それにお二人の養女になったのをいいことに、ボトリング公爵家に押しかけるなんて。厚かましいにも程があるわ」

「……」

すると別の席からも大きな声が。

「公爵閣下に色目を使っているって聞きましたわ」

「閣下の寝室にも入りびたっているそうよ」

「まぁ、汚らわしい！」

「……」

ラチェリアがここで何かを言えば、すぐにその言葉に食いつくのに。しかしラチェリアはニコッとして口を開くこともしない。

「……あなた、ホーランド伯爵令嬢。何も言うことはないのかしら？　それとも口が利けないの？」

ラチェリアの態度に苛立ちを隠さないカルディナ。

「私でございますか？」

カルディナは「そう言っているでしょ！」と言って扇を閉じて、バチンとテーブルを叩いた。

「では、お許しをいただきましたので、少しだけ。確かに私はホーランド伯爵夫妻の養女となった、厚かましい女ではありますが、その私を養女に迎えた養父母を貶めるような言い方をなさった、ナターシャ・スイリア・ゴーメット男爵令嬢、スザンナ・ヨーク・テレステノ男爵令嬢。いったいどのようなおつもりでしょう？」

「え？」

「たとえ、二人が変わり者と言われているからといって、格下のあなた方が、貶めていいはずがありません」

「お、貶めてなどいませんわ」

「いいえ、確かにあなたは言いました。何も考えずに、と」

「それは――っ！」

「医療に精通していて、薬の研究の第一人者として、この帝国に尽くす養父と、それを献身的に支える養母を、何も考えずになど、いったい何をもってそのようなことを言っているのか」

「それとこれとは――！」

「そして私は、皇帝陛下にも養女になることを認められております。つまり、皇帝陛下がお認めになった養子縁組に対して、何をお考えなのか？　ということは、陛下のお考えに不満がある、とそういうことですね？」

「え？」

「ち、違いますわ！」

二人の令嬢は、まさかそのようなことを言われるとは思わず、顔を青くした。

「さらに、ボトリング公爵閣下に対して侮辱された、メラニー・レイ・カリフ伯爵令嬢、レティシア・コエド・バートン子爵令嬢」

「は？」

「侮辱？」

名前を呼ばれた二人が肩をビクンと震わせた。

「私が色目を使って、ボトリング公爵閣下を誘惑したそうですが、それはつまり、閣下は汚らわしい女に誘惑され、寝室に入りびたることを許すような男性だと、そう言うのですね？　女が色仕かけをすれば、それに応えるような軟派な方だと」

「そんなこと言っていないわ」

「言いましたわよ、はっきりと。閣下の寝室に入りびたっていると」

「そ、そんなつもりは……」

「あろうとなかろうと、あなた方は閣下を侮辱したのです」

「違うわ、そんなこと――」

「それに、公爵邸内のことについてずいぶんお詳しいようですが、どなたかご覧になった方でもいらっしゃるのでしょうか？　もし、あることないこと口にされているのであれば、閣下が黙ってはいないと思いますが？」

名指しされた令嬢たちが、青い顔をしてカルディナを見た。カルディナは怒りに肩を震わせて、ラチェリアを睨みつけている。

「フレイヤ様」

「何かしら？」

フレイヤはかわいらしい笑顔をラチェリアに向けた。

「ボトリング公爵閣下は、フレイヤ様にとっても義理の弟君。そして、我が養父母は、皇帝陛下のご寵愛《ちょうあい》を受け、陛下自らが親友と呼ぶ間柄。そのような方々を侮辱する令嬢たちが、フレイヤ様のお茶会に出席していると知れたら、陛下もご気分を害されるのではないでしょうか？」

ラチェリアの言葉を聞いて、フレイヤは少し考えてから静かにうなずいた。

「……確かにそのとおりよ」

「フレイヤ様！　まさか、その令嬢の言うことを聞くのですか！」

カルディナが声を荒らげた。

「静かになさい！」

フレイヤの凛とした声が響く。

「先ほど、名の上がった令嬢たちは、速やかに退席しなさい。それから、今後私のお茶会に呼ぶことはないわ」

「フレイヤ様、いくらなんでもあんまりです！」

怒りに肩を震わせて立ちあがったカルディナを、変わらぬかわいらしい笑顔で見あげるフレイヤ。

「メイフィン公爵夫人。私のすることに何か？」

「い、いえ……」

フレイヤがジロリと令嬢たちを見ると、真っ青な顔をした令嬢たちが席を立ち、フラフラしながら部屋を出ていった。

「ごめんなさいね、ラチェリア嬢。気を悪くしないでね」

「とんでもないことでございます」

ラチェリアは、何事もなかったかのように美しい笑みを浮かべた。

（陛下とオリヴァー様の威を借りてしまったことは心苦しいけど、ここで侮《あなど》られてはいけないわ）

しんと静まりかえった部屋で、誰もが物音もたてずに様子をうかがっている。ラチェリアは新しく淹れなおされ、力強く湯気を上らせているカップに口を付け、カラカラに渇いてしまった喉を潤した。するとその空気を壊すように口を開いたフレイヤ。

「ねぇ、メイフィン公爵夫人。今日はもう帰ったほうがいいわ」

「は？」

フレイヤの思いもよらない言葉に、カルディナが目を見ひらく。

「フレイヤ様、何を……？」

ようやく言葉を口にすることができたカルディナは、扇を握る手を震わせながら、顔を赤くしてフレイヤを睨みつけた。

「メイフィン公爵夫人。私はラチェリア嬢と仲良くなりたいのよ。だって彼女はオルフェンとオリヴァー様のお気に入りなんだもの」

フレイヤがラチェリアのことをお気に入りと称することで、さらに周りの令嬢たちのラチェリアに対する嫌悪が増していく。

しかしニコニコと無邪気な笑顔で話をするフレイヤは、そんなことまったく意に介していないようだ。

反対に怒りを隠しきれていないカルディナの瞳は鈍く光り、フレイヤを睨みつけているようにも見える。

「それにラチェリア嬢には楽しい時間を過ごしてほしいし、私の大切なお友達とも仲良くなってほしいと思って令嬢たちを呼んだのよ。メイフィン公爵夫人を招待したのだって、私を楽しませてくれるって言ったからなのに」

そう言ってフレイヤはマネリーにチラッと目を遣《や》った。それに気がついたマネリーは、慌ててうつむく。どうやら自分がフレイヤの不興《ふきょう》を買ってしまったことに気がついたようだ。

この場に残ってはいけなかった。それなのに、退席した令嬢たちを他人事のように見おくってしまった。しかし、いまさらそれに気がついても遅い。とにかく今はこの時間が過ぎることを祈るだけ。

そしてこのお茶会が、ラチェリアを歓迎するために開かれたものだと知った令嬢たちは、顔を青くしながらも奥歯をぐっと噛んだ。どこの者とも知れない、卑しい田舎者のために開かれたお茶会。自分たちはその場を盛りあげるために呼ばれた脇役。こんな不愉快なことはない。

しかし、それに対して何かを言えば、自分も先ほどの令嬢たちの二の舞だ。それならここは静観を決めこむほうがいいだろう、と令嬢たちは口を閉ざした。

カルディナも、自分と目を合わせようとしない令嬢たちを見て、その雰囲気を感じとったようだ。憎々しげな顔をして令嬢たちを睨みつけている。しかし、大きく呼吸をしたカルディナは、穏やかな顔を作ってイスに座り、横にいるフレイヤの手を取った。

「フレイヤ様。私はこれまで、フレイヤ様のために、力を尽くしてきました」

「……ええ、そのとおりよ」

「今も、フレイヤ様のことだけを案じています」

「カルディナ……」

カルディナの言葉にフレイヤは感激したようだ。人前では公爵夫人と呼ぶのに、思わずいつものように名前を呼んでしまった。

「フレイヤ様の憂いを払うのが私の役目です。そのためには、誰がフレイヤ様の害となるのか、しっかり見きわめなくてはなりません。もちろん例外はありませんわ」

そう言ってラチェリアに目を遣った。

「たとえ、陛下の目に留まったからといって、私は容赦などしません」

「カルディナ……。そうよ、あなたはいつでも私の味方だわ」

「もちろんですわ。ですから、フレイヤ様も私のことを信じてください。私はいつでもフレイヤ様のことを思っているのですから」

カルディナは穏やかで優しい笑みを浮かべる。

「ごめんなさい。私が勘違いをしてしまったわ。あなたがラチェリア嬢に意地悪をするのかと思ったの。だって、私、ラチェリア嬢とはお友達にならないといけないんだもの」

オルフェンから言われていたのだ。ラチェリア嬢はオリヴァーのお気に入りだから、君も仲良くしてくれ、と。君とラチェリア嬢が友達になってくれれば、私も安心だ、と。だから、ラチェリアとは友達にならないといけないのだ。

「ええ、存じております。しかし、本当にフレイヤ様の友人になるにふさわしいかは、男性には判断できません。女の本質を見きわめるには女の目が必要ですわ」

「ええ、ええ。そうよね、あなたの言うことが正しいわ」

フレイヤはカルディナに花のような笑顔を見せた。

「うれしいお言葉ですわ。それでしたら、ラチェリア嬢のことは私にお任せくださいますか？」

「どういうこと？」

「彼女には、貴族としての教養が足りていないようですわ」

フレイヤはその言葉を聞いて、ぱぁっと顔を輝かせた。

「それは妙案だわ」

フレイヤは、カルディナの手をぎゅっと握り、カルディナはフフッと笑う。

「ねぇ、ラチェリア嬢。メイフィン公爵夫人は、あなたが社交界でうまくやっていけるか、心配をしているのよ」

（……フレイヤ様は、公爵夫人のことを心から信頼していらっしゃるのね）

しかしカルディナは、ラチェリアを心配しているわけではない。フレイヤはそのことには気がついておらず、カルディナの親切を言葉のとおりに受けとっている。その真意は別にあるなんて考えは、わずかにも浮かばないのだ。

そんなフレイヤは、とてもいいことを思いついたと言わんばかりに、胸元で両手を叩いた。

「それでね、私、ラチェリア嬢が社交界でちゃんとやっていけるように、メイフィン公爵夫人に後ろ盾となってもらうのがいいと思うの。それに、マナーも教えてもらったらいいと思うわ。ねぇ、どうかしら？　メイフィン公爵夫人」

フレイヤは、ラチェリアの後ろにはメリンダがいて、ラチェリアがレオナルドの教育係をしていることも忘れているようだ。

カルディナが薄く笑った。

「私は構いませんわ。ホーランド伯爵夫人にはたいした力もありませんし、私が面倒を見てあげます」

「ありがとう、メイフィン公爵夫人」

そう言うとフレイヤはラチェリアにかわいらしい笑顔を向けた。

「ラチェリア嬢。メイフィン公爵夫人は私が一番信頼している人よ。安心して面倒を見てもらうといいわ」

（お二人で話を進めてしまわれたわ……）

フレイヤは、自分の意思で言葉を発しているようにも見えるが、実際には、すべてカルディナの望むように振る舞っている。フレイヤの意思はどこにあるのか。いや、それは今この場では重要ではない。

「フレイヤ様、よろしいでしょうか？」

「何かしら？　ラチェリア嬢。なんでも言ってちょうだい」

「フレイヤ様のご厚意はとてもありがたいのですが、過分なお申し出ですのでお断りをしたいと思います」

フレイヤはラチェリアの言葉に驚いた。ラチェリアが喜んでくれるかと思ったのに。

「なぜなの？　遠慮なんてする必要はないのよ？」

「私のために、公爵夫人のお手を煩《わずら》わせるなど、とんでもないことです」

「まぁ、そんな……」

しゅんと残念そうな顔をしたフレイヤ。

「申し訳ございません」

ラチェリアは丁寧に頭を下げる。その姿を見てフレイヤは小さく溜息をついた。

「……ラチェリア嬢はとても謙虚なのね」

フレイヤはとても残念そうだ。しかし。

「あなた」

カルディナがバチンと扇を閉じた。

「フレイヤ様のご厚意をなんだと思っているの？　フレイヤ様を軽んじるなんて！」

「決してそのような――」

「生意気なのよ！」

カルディナは、言葉が終わらないうちにラチェリアに扇を投げつけた。扇はまっすぐ飛んでラチェリアの目の真下に当たり、わずかに声がもれる。

「夫人！　やめてちょうだい！」

さすがにフレイヤもこれには驚いたようで、先ほどまでの穏やかな口調ではない。しかし、カルディナはフレイヤの言葉を無視して、ラチェリアに向かって声を荒らげる。

「卑しい平民のくせに、貴族の仲間入りをしたからといって調子に乗っているんじゃないわ」

目の下を押さえながらラチェリアが顔を上げると、その瞳におろおろとしているフレイヤが映る。

「カルディナ……なんてことをするの！」

フレイヤはわずかに肩を震わせ、カルディナは恐ろしい形相でラチェリアを睨みつけている。

「フレイヤ様。やはり先ほどのお話はお断りさせていただきます」

フレイヤをまっすぐ見つめるラチェリアの目の下辺りが赤い。

「ごめんなさい、ラチェリア嬢。わ、私、こんなつもりではなかったのよ……」

おろおろとするフレイヤは、何かに怯《おび》えているようだ。

「私はラチェリア嬢と仲良くなりたくて。で、でも、余計なことをしてしまったようね。ごめんなさい」

視線をさまよわせるフレイヤの姿には異様な雰囲気を感じる。

「フレイヤ様！」

カルディナが強い口調でその名を呼ぶと、フレイヤが肩をビクンと震わせた。

「カルディナがいけないのよ。あなたのせいで何もかも台無しだわ。……どうしよう、オルフェンにこんな失敗を知られたら……」

弱々しく涙を流すフレイヤを、唖然としながら眺めているラチェリア。

（いったい何が起こっているの？）

そのとき、ふとメリンダのお茶会での言葉を思いだした。

その器でないのに皇后のイスに座ってしまったフレイヤ。苦しめられる劣等感。自分を救ってくれたオルフェンへの依存。

（異国に一人きりでやってくるだけでも大きなストレスになるのに、さらに周りからの重圧や侮蔑の視線に晒されてきたフレイヤ様の心労は計り知れないわ。……すでにお心を壊してしまわれているかもしれないわ）

今のフレイヤの様子を見れば、それを否定することは難しい。そして、この場にいる人たちもそれを知っていて、フレイヤを都合よく利用している。

（メイフィン公爵夫人はもちろん、令嬢たちも、フレイヤ様を国母だなんて思ってはいないのね。陛下はこのことをご存じなのかしら？）

知らないわけがないか。だから、オルフェンはフレイヤを宮殿の外には、絶対に出さないのだ。

そして、宮殿の中だけは自由に振る舞えるようにしているのだろう。たとえ、心を許す相手がカルディナだとしても、フレイヤがそれを望むならそうさせていたのだ。

しかし、結局それはフレイヤの心を蝕《むしば》むだけで、平穏を与えてはくれない。カルディナの蔑んだ目も、令嬢たちのばかにしたような冷ややかな視線も、すべてがそれを物語っている。

(フレイヤ様にとっては、あんな目で見る彼女たちでも、心の拠り所だったのかもしれないわ。でも、そうだとしても……)

腹の下のほうから、こぽこぽと冷たい水が湧きだし、サッと鳥肌が立つような気持ちの悪い感情が走った。そして、自分もあんな目で見られていたことを思いだす。

笑顔の裏でラチェリアを中傷していた貴族たちは、アラモアナが帰ってきたとたん態度を一変させた。隠れて嘲笑《あざわら》っていたのに、ラチェリアに聞こえるように、声を大きくするようになった。恋人を失った傷心の王太子に付けこんだ、ずる賢い王太子妃。お飾りの偽者王太子妃。

フレイヤを見る令嬢たちの目は、あのころのラチェリアを見る目と同じだ。いや、それ以上に悪意に満ちている。フレイヤに対して時折見せる、カルディナの不遜な態度も、令嬢たちが扇で口元を隠しつつも、目を三日月のようにして笑っているあの姿も。

そして思いだすのはメリンダのこと。きっとメリンダはフレイヤのことを気にかけていた。だからこそ、フレイヤを厳しい言葉で叱咤《しった》していたのだ。フレイヤには届かなかったが。

しばらくぐずぐずと泣いていたフレイヤは、侍女に手を引かれるようにして退室した。もちろんお茶会もお開きだ。

「本当になんの役にも立たない女ね」

カルディナは大きく舌打ちをして、それからラチェリアを睨みつけた。一瞬目が合ったが、ラチェリアは気がつかないふりをして、宮殿を出るための廊下を歩きだす。

しかし、そのまま馬車に乗りこめばよかったが、そうはいかない程度に屋敷までの道のりは長い。馬車の到着時間を考慮してお花を摘みにいき、花園を出てきたところで、待ちかまえていたカルディナに気がついて、心の中で小さく溜息。ラチェリアにしたら、あまりに予想どおりで、だけど予定どおりでもあって。

何事もなく帰ることができれば、それが一番いいが、カルディナのラチェリアを睨みつけるその目は、さまざまな感情を織りまぜて鈍く光り、素直に帰らせてくれないことを簡単に理解することができた。

「ねぇ、あなた。いい気にならないでちょうだい」

「……」

「……教育係、だったかしら？　たいそうな肩書を作ったものね。卑しいあなたに何を教わるというのよ。図々しい！」

「……」

「でも、それもあと少しよ。すぐにあなたは追いだされるでしょうから、そのつもりでいなさい」

「……」

「……オリヴァーの後妻狙いでしょうけど。残念だったわね、当てが外れて」

カルディナは意地の悪い顔を隠すこともなく、ラチェリアを睨みつけた。

「お言葉ですが、私は、教育係の仕事に誇りを持っておりますし、ボトリング公爵閣下の後妻に収まろうなどと考えてもいません」

ラチェリアはためらうことなく言葉を口にしたが、しかしその代償は大きかった。次の瞬間、大きな音と頬に激しい痛み、そして脳が揺れたのではないかと思うほどの衝撃を受け、ラチェリアは床に倒れこんだ。

「本当に、いったい何様のつもりよ！」

床に手を突いたラチェリアは、揺れる視界で必死に一点を見つめ、それから頬から重くじんじんとした痛みを感じた。

（……まさか、ここまで、強く叩かれるとは思わなかったわ……）

ラチェリアの鼓動はこれまでになく大きく速く動く。口の中を切ってしまったのか血の味がする。頬は熱を持ち、耳にも違和感があって音が聞きとりにくい。

少しふらつきながら立ちあがったラチェリアは、持っていたハンカチで口を拭いた。わずかに血が付いて赤い。

「いったい、メイフィン公爵夫人は、私に何をおっしゃりたいのでしょうか？」

ラチェリアの声は静かで、それでいて少しだけ歯切れが悪い。頬の痛みがそうさせるのか。

「私は親切に教えてあげているのよ。身の丈に合わない欲を持つことは、恥ずかしいことだと。あなたのねじ曲がった性根を直すためにね」

「……お気遣いには感謝いたします。しかし、これ以上、私にお心を寄せていただく必要はございません。私は、ただの伯爵令嬢。あなた様の利にも害にもならない女でございます」

そう言ってカルディナを見つめるラチェリアの目は、決して平民上がりのそれではない。

「……いつまでそんなに強気でいられるかしらね？」

「……」

「オリヴァーは、ドリンツ皇国の皇女ヴァレンティア様から求婚されているの。ドリンツ皇国と結びつきを強くするための結婚だから、彼はこの話を受けることになるでしょう。そうなれば……わかるわよね？」

「……」

「皇女殿下はオリヴァーを本気で慕っているのよ。当然、屋敷に入りびたっているあなたの存在を許さないでしょう。つまりあなたは邪魔者。お払い箱よ。フフフフ、残念だったわね。せっかく、息子まで手なずけたのに」

カルディナが言いたかったのはこのことか。しかし、なぜカルディナがそんなことを知っているのか？　それよりも。

「どなたからそのようなお話を聞いたのかは存じませんが、たとえそのお話が事実だとしても、夫人が口にしていいことではないかと」

「は？」

「まだ公《おおやけ》にされていない話を、気やすく夫人が口にしていいはずがありません。このことは私の胸にしまっておきます。ですので、夫人もこれ以上の不要な発言はお控えください」

「な、生意気なことを言うんじゃないわ！」

再びカルディナが手を振りあげた。ラチェリアは、足に力を入れ、歯を食いしばる。ばちんという音とともに再び頬に激痛が走った。しかし、今回はふらつくこともなく、軽く首をひねって少しだけ衝撃を受けながすことができた。それでも十分痛かったが。

「……ご満足いただけましたか？」

「は？」

肩を震わせて興奮しているカルディナを見て、ますます冷静になっていくラチェリア。

「人の目もございます。これ以上、乱暴な振る舞いはお控えください」

ラチェリアの言葉を聞いて、ようやく遠巻きに自分たちを見ている令嬢や使用人たち、高官の目に気がついた。

そこへ一人の男が近づいてくる。

「何をしている！」

カルディナの背後から聞こえるその声の主を二人はよく知っている。

「……オリヴァー様……」

その姿を見て安心したラチェリアは、一気に肩の力が抜けていった。オリヴァーは早足で二人のあいだに入りこみ、ラチェリアをその大きな背に隠す。

「メイフィン公爵夫人、いったいこれは何事ですか？」

低く冷たいオリヴァーの声に、カルディナはびくっと肩を震わせた。

「べつに、私は、彼女に助言を……」

「助言？」

頬を赤く腫らして受ける助言とは、どんなものだというのだ。

「では、現状をどう説明するのです？」

「い、いえ」

すでに宮殿内の多くの人がこの騒ぎを耳にしている。

「彼女は私の友人の義娘で、私の息子の教育係だ。とても看過できることではない。このことは両家から公爵家に抗議させていただきます」

「オリヴァー！」

カルディナが思わずその名を呼んだ。

「メイフィン公爵夫人。何度も言っているが、私はあなたに、私の名前を呼ぶことを許してはいない」

「そんなこと……！」

これまで何を言われても、カルディナは「オリヴァー」と呼びつづけていた。どんなに蔑んだ目で見られようとも。

オリヴァーは舌打ちをした。

「メイフィン公爵は夫人を放任しすぎているな」

そう言ってオリヴァーはカルディナに背を向け、ラチェリアの背を軽く押し、歩くことを促した。

「今後、ラチェリア嬢に何かすれば、メイフィン公爵家が、ただでは済まないと理解してください」

「オリヴァー！　待って！　オリヴァー！」

オリヴァーはカルディナの言葉に応えることもなく、ラチェリアと共にその場をあとにした。

大丈夫だとラチェリアが言っても聞きいれないオリヴァーは、ラチェリアを送ると言って一緒に馬車に乗りこんだ。

「お仕事はどうなさるのですか？」

「私が少し席を外すくらい、なんてことはない」

帝都からホーランド伯爵邸までの道のりは、少しというには長すぎる。

「大丈夫だ。私の部下は皆、優秀な者たちばかりだからな」

そう言って微笑まれれば何も言えない。ラチェリアは諦めた、と同時にほっとした。緊張する時間が長く続き、精神的にも疲れていたラチェリアにとって、オリヴァーの存在はとても心強いし、安心感を与えてくれる。

しかし緊張がほぐれたせいか、頬は宮殿を出る前より熱を持ち、強い痛みを感じる。濡らしたハンカチで頬を押さえているが、屋敷に着くころには腫れているかもしれない。

「なぜ、こんなことになった?」

痛々しい姿のラチェリアを、心配そうに見つめるオリヴァーは、自分がラチェリアを守れなかったことを酷く悔やんでいた。もう少し早く駆けつけていれば、頬を二回も叩かれることはなかったと。

「私が口答えをしたのです。ですので、お気になさらないでください。オリヴァー様のせいではありません」

「何を言われた?」

ラチェリアが何を言っても、オリヴァーの追及は止まらない。

「一度目は、わざと怒らせるようなことを言いました。二度目は……それもわざとです」

すでにお茶会の席でカルディナを怒らせているし、ただでは済まないだろうと思っていた。だから、宮殿内で人の往来が多く、一番人が利用していた場所を選んだ。もしカルディナがラチェリアに敵意を向けて騒ぎを起こせば、確実にオルフェンの耳に入るし、そのまま放っておくことはできないはず。そう踏んでの挑発行為だった。それに、カルディナの怒りはとっくに頂点に達していたのだから、二度叩かれるだけで済んだのは幸運だったかもしれない。

「何に対して口答えをしたというんだ？　わざわざ怒らせるなんて」

やはり、オリヴァーの追及は止まらない。話を濁してもきっと納得はしないのだろう。

「……オリヴァー様に色目を使っていると」

「なに？」

オリヴァーは目を見ひらいて、それから大きな溜息をついた。

「それは、すまない」

オリヴァーが申し訳なさそうな顔をする。

「オリヴァー様が謝るようなことではありません」

きっとラチェリアでなくても、若い令嬢がボトリング公爵邸に出入りしていれば、同じことが起こったはずなのだ。

「それから？」

「公にされていないことについて夫人が口にされましたので、お控えくださいと言いました」

「公にされていないこと？」

「……」

「それはなんだ？」

「……オリヴァー様が、ドリンツ皇国の皇女ヴァレンティア様から、求婚をされていることについてです」

「なんだって？」

（なぜその話を夫人が？　いやそれどころか、すでにその話は断ったというのに、よりにもよってリアに話したというのか？）

「聞いてはいけないことを聞いてしまい、申し訳ございません。あ、ですが、私がそのことを口にすることはありませんので、心配なさらないでください」

「……ああ、すまない」

オリヴァーはそう言葉を口にしながらも、別のことを考えていた。

（リアはどう思っただろうか？）

すでにラチェリアに対して、レオナルドの教育係以上の感情を持っていると自覚しているオリヴァーは、ふと淡い期待が浮かんだ。

嫉妬をしてくれるだろうか？　それとも、落ちこむだろうか？　もし、そんな感情をラチェリアの表情から、少しでもうかがい知ることができたら……。しかし目の前のラチェリアは、痛々しい頬以外には普段と何も変わりがない。

（何も気にしていないのか？）

「皇女から求婚をされているのは本当だ。ただ、まだ決めかねていて……返事を待ってもらっている」

「さようでございましたか」

ラチェリアの表情が、少しでもゆがむことを期待する自分は、なんて情けない男なのか。

しかし、ラチェリアはその期待には応えてくれなかった。

「……リアは、どう思う？」

「私、ですか？」

「私が再婚することについて」

「……」

ラチェリアに聞くようなことではない。しかし、それでも聞いてしまうのは、自分が臆病者だから。

オリヴァーの質問に、少し思案をしたラチェリアは、ゆっくりと顔を上げた。

「オリヴァー様の結婚について、私が言えることはありません」

「うん」

（それはそうだ）

「ですが、国と国のつながりのための政略結婚は、私たち貴族が果たさなくてはならない責務です」

「……うん」

「私が言えることはそれだけです。ありきたりな答えで申し訳ございません」

ラチェリアは少し顔をうつむかせた。

「いや、いいんだ。君の言っていることは、至極《しごく》真っ当なことだ」

「……ですが、私はそんな貴族が嫌で、平民になりたかったのに」

結局ラチェリアは根っからの貴族で、自分の感情よりも家や国を優先させてしまう考えから、抜けだすことができない。

いっそのこと、カルディナのように奔放に振る舞えたらいいのに。そうしたら、もっと違う答えを言うことができたのに。

「私が変なことを聞いたから、リアに気を遣わせてしまった。申し訳ない」

「いえ、そんなことは」

「私はね、今まで再婚を考えたことがなかったんだ。レオに寂しい思いをさせていることはわかっていたが、仕事を優先させてしまっていてね。女性に時間を費《つい》やす余裕もないし、レオがいれば跡取りの心配もない。だけどこのごろは、そんな考えがいかに独りよがりだったかと思うことがある」

以前は、レオナルドとどう接していいのかわからず、寄りそうこともできなかった。だからレオナルドがオリヴァーにその胸の内を明かすこともなかった。

もし、ラチェリアが教育係を引きうけてくれなければ、今でもレオナルドと心を通わせることもできず、一人寂しい思いをさせていたかもしれない。

しかし、今は違う。時間の許す限り、レオナルドと過ごすようにしているし、レオナルドを知る努力をしている。レオナルドの好きな物、好きなこと、何を考え、何を望むのか。それに、すべてを察することはできなくても、聞けばレオナルドは答えてくれるし、自分から話をしてくれるようになった。あのころには考えられないことだ。

オリヴァーはレオナルドと過ごす時間が、とても穏やかで心地のいいものだと知ることができた。だけど、その心地のいい時間は、レオナルドと二人きりで構築できるものではない。

「レオにはまだ母親が必要だ」

「はい」

「私も、妻と呼べる人がいる生活も悪くないと思っている」

「はい」

「だから、最近は再婚することを前向きに考えているんだ」

「そうなのですね」

ラチェリアはぱぁっと顔を輝かせた。

「ということは近い将来、皇女殿下がオリヴァー様の奥さまということに？　レオにも新しいお母さまができるということですね？」

「え？　あ……」

「皇女殿下は十七歳とお若く、とてもかわいらしい方と聞いたことがあります。きっとオリヴァー様とお似合いの夫婦になられますわ」

そう言って、頬を冷やしていたハンカチを握りしめて喜ぶラチェリアは、オリヴァーの微妙な顔色の変化に気がつかない。

「リアは、私が皇女と結婚することに賛成なのか？」

「ええ！　とても素晴らしいことだと思います。メイフィン公爵夫人が、皇女殿下はオリヴァー様のことを、大変好ましく思っているとおっしゃっていました。そして、オリヴァー様も再婚をお考えですし。たとえ政略結婚でも、気持ちがあれば、きっといい関係が築けるはずですわ！」

「……」

ラチェリアの言葉にがっくりと肩を落としたオリヴァーは、言葉もなくうつむいた。ダメージが大きすぎる。一撃必殺のパンチを、三発くらい腹に思いきりくらったようなそんな気分だ。

「……それで」

ラチェリアは少し言いづらそうに上目遣いにオリヴァーを見て、言葉を選ぶようにゆっくりと口を開いた。

「もし、私がお屋敷に出入りすることで、皇女殿下がご気分を害されるようであれば、遠慮なくおっしゃってください」

「な、何を言っているのだ?」

「お二人の関係を邪魔するようなことになってはいけませんから」

カルディナの言葉は、当然のことだとラチェリアも思っている。あんな下品な噂をされているラチェリアが、屋敷に出入りしていれば、ヴァレンティアが気分を害するのは当然のこと。

(オリヴァー様に言わせる前に、自分から身を引くべきなのかもしれないわ)

レオナルドの教育係でいられる時間が、あまり残っていないのだと思うと、ぎゅっと胸が締めつけられて、ラチェリアは思わず小さな溜息をついた。

ラチェリアを送りとどけたオリヴァーは、そのあとどのようにして宮殿に戻ったのか記憶にない。もちろん、馬車で宮殿に戻ったのだが、そのあいだオリヴァーは放心状態だった。本人に思いを伝えることもできないうちに、皇女ヴァレンティアとの結婚に諸手《もろて》を挙げて喜ばれてしまったのだから、これはつまり振られたということなのだろう。

もしかしたら、ラチェリアも自分に気があるのではないか? と思っていたのに、勘違いもいいところだ。顔から火が出るとはこのことか。

(なぜこんなことに……。私は皇女と結婚する気などないのに)

ラチェリアの言葉を否定しようにも、屋敷に着いてしまったのだから仕方がない。にこやかな笑顔でお礼を言って、さっさと馬車を降りたラチェリアを呆然としながら見おくったオリヴァー。

ラチェリアをエスコートすることもなく、放心しているオリヴァーを見て、ミシェルが怪訝そうな顔をしたが、ラチェリアの頬を見てそれどころではなくなった。あいさつもそこそこに、邸の中に入っていった二人は、しばらくオリヴァーがその場を動けなかったことを知らない。


宮殿内のオリヴァーの執務室。

「どうしたのですか？　閣下」

仕事も手に付かず、机に額をつけたまま溜息を繰りかえして動かないオリヴァーの頭部を眺めながら、アーノルドは手にした書類を、オリヴァーの黒髪の横に置いた。

「……なんでもない」

そう言って顔を起こしたオリヴァーの額には、赤い痕がついている。

（これは、ホーランド伯爵令嬢とのあいだに何かあったのか？）

ラチェリアを送るために外出して、帰ってきたと思ったらこれだ。

（閣下をここまでにする令嬢とは）

アーノルドはオリヴァーに同情の視線を向けつつも、いまだ会ったことのないラチェリアに心の中で拍手した。立っているだけで女性が寄ってくるオリヴァーが、まさか一人の女性にこれほど翻弄されるときが来るなんて、想像もしていなかった。しかし、やっとオリヴァーにも振られる側の気持ちを知ってもらえたのだから、ラチェリアには、世の中の男たちを代表して感謝を伝えたいくらいだ。

翌日、メイフィン公爵家に、ボトリング公爵家とホーランド伯爵家から抗議の手紙が届いた。さらにラチェリアにはオルフェンから謝罪の手紙。

この騒動は、フレイヤが南の離宮で療養、カルディナは一年間の謹慎処分で幕を閉じた。

今日もオリヴァーの溜息は長い。騎士に交じって一心不乱に模造剣を振っているあいだはいいが、机に向かうと置物になるオリヴァー。さすがに一週間もこの状態が続くと、業務にもかなりの遅れが生じているし、早く書類を回せとほかから催促をされるので、アーノルドも一緒になって溜息をつきたくなる。いっそのこと、「振られたのですか？」と聞いて傷を抉《えぐ》り、ショック療法でもしてみたらどうだろうか？　と真剣に検討中だ。

「アーノルド」

「はい」

「私は男としての魅力もないのだろうか？」

唐突にオリヴァーが聞いてきた。

(やはり振られたのか……)

「どうでしょう。私は閣下に惚れこんでいますが、女性の目は私とは違いますから……」

「うそでもいいから、そんなことはありません、と言ってくれ……」

アーノルドは適当なことを言わない主義だ。

「申し訳ありません。それで……閣下を振ったのはホーランド伯爵令嬢ですか？」

「……」

オリヴァーが固まった。それが答えか。

「振られていない」

「は？」

「私は振られてなんかいない」

それなら、なぜそんなに落ちこんでいるのか？

「告白もしていない」

「……は？」

(何を言っているんだ？)

ぽつぽつと言葉を吐くオリヴァーは、だんだん背を丸めて小さくなっていく。

「つまり、好きだと伝えてはいないけど、皇女殿下との結婚に賛成されて、ショックを受けているのですね？」

アーノルドに丁寧に確認をされると、ますます背中が丸くなる。

「閣下に対して気持ちがない、ということですね」

「わざわざ言わなくていい」

なんて意地の悪い奴だ。

「閣下が気持ちを伝えていないのに、なんで失恋したと思っているのですか？」

「なに？」

「令嬢は閣下の気持ちを知らないのですよね？」

「……まぁ」

皇女との結婚を勘違いさせるような言い方をしてしまったし、ラチェリアの気持ちを試すようなことをしてしまった。そんな状態で本当のことを伝えたら、ラチェリアに軽蔑されるかもしれない、と思うと、すでに求婚を断っていることも、言えなくなってしまった。

「そんなこと言っている場合ではありません」

「しかし」

「まだいくらでもチャンスはありますよ。身辺をきれいにして、誠心誠意向きあえばわかってくれるはずです」

「いや、身辺はもともときれいだ」

ユリーシカを亡くしてから、女性と交際したことはない。仕事に逃げることで、ユリーシカを失った、という現実から逃避をしていた時間が長かったこともあるが、恋愛をしようなんて気がまったく起きなかった。

だから、若い情熱に燃えあがる恋も、どこかの夫人との許されぬ恋もしてはいない。それに、枯《こ》渇《かつ》気味の性欲は、軍御用達の娼館に、ときどき通えばどうにでもなったから、いわゆるドライな関係という名のつまみ食いもしていない。

「まっさらだ。まっさらすぎる」

すべてを兼ねそなえたこの色男は、残念なほど宝の持ち腐れをしている。なんてもったいないことを。いやそれどころか、今まで尊敬しかしていなかったオリヴァーが、アーノルドにはかわいらしく見えてきた。完璧だと思っていた上司が、恋愛に悩んで仕事も手に付かないのだから。

「私は、自分から女性を口説いたことがない……」

「は？　一度も？」

「いつも、女性から寄ってくるから」

「うわぁ、自分から言っちゃってる」

それによく考えてみれば、ラチェリアとはすでに家族のように過ごしていて、どうしてそうなったのか自分でも全然わからない。いっそのこと、このままの関係を続けていけばいいのではないか、とさえ思ってしまう。

「いや、だめですよ。なし崩しとかありえないです」

「それはわかっているが」

「今度、二人きりでデートとかしたらどうですか？」

「二人きりか」

確かに、出かけるときはレオナルドが常に一緒にいて、ラチェリアと甘い雰囲気になったこともない。

「うん、そうしてみよう。このままじゃだめだ」

ようやく前を向いたオリヴァーにほっとしたアーノルド。

とにかく仕事を片づけてほしい。

その一心で、ありきたりな助言をしてみたが、オリヴァーは素直にその助言を聞きいれ、やる気になっている。そして、先ほどまでの落ちこみがうそのように、一気に仕事を片づけていった。


それから二週間。オリヴァーの溜息は今日も長い。

「……どうしたんですか？」

「……リアに、ハミルトン領内にあるケルポク博物館に行かないかと誘ったんだ。あそこは近くに湖もあるし、湖のほとりに立つ教会のステンドグラスは、芸術性の高いものだからきっとリアが喜ぶと思って」

「デートコースとしては完璧ですね」

アーノルドがうなずく。

「そうしたらリアが、レオが喜びますねって言うんだ。ケルポク博物館の展示物は、歴史的に大変貴重なものだから、レオもきっと気に入りますよ、だそうだ」

「はぁ」

「それに、教会のステンドグラスはデルアモ王国の献上品で、当時の皇后がたいそう気に入って、ステンドグラスに描かれた女神に、アリドネアと名前を付けたと」

「ああ、それ知っています」

「もちろん私も知っている」

アーノルドの言葉にオリヴァーがうなずいた。

「問題はそこではない。リアはアリドネアの足元に小さく描かれた、十二の動物をすべて知っていた。しかも描かれている動物の名前を順番どおりに言っていたんだ」

「うわぁ、知識量が半端ない」

「へこむだろう?」

「へこむことしかないですね」

佇まいが美しいと評判で、帝国内でもそれなりに知られている教会ではあるが、ハミルトン領は自然が豊かで人口が少なく、教会が僻地にあることから、訪れる者は少ない。書物にステンドグラスについて語られていることはよくあるが、それは誰もが知る歴史のみで、ラチェリアのように動物の名前まで知る者はあまりいない。

「これまでは、国益になることや、外交に役立つことばかり学んでいたが、今は自分の知りたいと思うことを学んでいるのだそうだ」

確かに、ステンドグラスに描かれた動物を全部言えても、国益にはならないだろう。

「で、結局二人で出かけるんですか？」

「そんなことできるわけがないだろ！　三人でだ！」

オリヴァーは少しふてくされた顔をした。

「それは残念でしたね」

アーノルドはそう言うが、実際にはまったく残念ではない。確かに男女の甘い時間を演出することはできないが、三人で過ごす時間がこの上なく幸せであることを、オリヴァーは知っているから。

「私は、二人の幸せそうな顔を見られれば満足だよ」

（……なかなか奥手だな、閣下は）

「そういうわけで、次の休みは絶対に連絡をしてくるなよ」

「はいはい」

「連休をもらうぞ」

「はいはい……はい？　連休？」

「泊まりで行くんだよ」

「さらっととんでもないことを言うなぁ」

「ん？」

「ご両親の許可をちゃんともらってくださいね」

「ご、ご両親？」

オリヴァーは思いもよらない言葉に驚いた。

「当たり前ですよ。妙齢《みょうれい》の大切な娘さんを連れだすんですから。しかも泊まりで」

「ま、まぁ、そうか。でも、リアの侍女も連れていくぞ」

「当たり前ですよ。何言っちゃってんですか」

アーノルドは呆れ顔で、この少し残念な色男を見た。

「友人の娘さんだとしても礼儀は必要でしょ？　直接ごあいさつに伺って、許可を得てください」

「確かに」

オリヴァーは顎に手をやり思案顔。

「泊まりなのだから当然か」

「そうそう」

「よし！」

オリヴァーが立ちあがった。

「行ってくる」

「今から？」

「善は急げだ！」

そう言って颯爽と執務室を出ていこうとする、このとても残念な色男を、アーノルドが慌てて引きとめた。

そして目の前の仕事を終わらせ、ラチェリアに確認をし、それからホーランド伯爵夫妻に許可をもらうように念を押す。

オリヴァーは、「なるほど」とうなずき素直に従う。

「ポンコツすぎやしないか？」

アーノルドは、完全に宝の持ち腐れと化した、愛すべき上司の恋の行方に、一抹どころか大いに不安を感じるのであった。


よく晴れた気持ちのよい日。

のんびりと二台の馬車が、モルガン領からハミルトン領に入り、両脇に畑を見ながら、遠く前方に広がる森を目指している。

前を走る馬車にはラチェリア、オリヴァー、レオナルド。後ろの馬車には、ガイとマリエッタ。

ガイとマリエッタは、護衛騎士と侍女ということもあって、一緒に行動することが多く、ずいぶんと仲が良くなった。そして、ラチェリアは密かに二人を応援している。

ガイは、子爵令息だが爵位を継げない六男のため、実力で叙爵《じょしゃく》し騎士爵を得た。

そしてマリエッタは伯爵令嬢だが、ラチェリアの周りに味方が少ないことを心配して、自分の結婚を後回しにし、ラチェリアのもとを離れる気はないと、王国にいたときから婚約もせずに侍女としてラチェリアに仕えている。

もしラチェリアに仕えていなかったら、マリエッタは今ごろ素敵な結婚をして、幸せな家庭を築いていたはずなのだ。それを思うと、ラチェリアはいつもマリエッタに対して、申し訳ない気持ちになった。だから、もしマリエッタに好きな人ができたら、全力で応援したいとラチェリアは思っているのだ。

そしてマリエッタとガイは、ラチェリアの目から見てもとてもいい関係を築いていると思うし、いずれはうれしい報告を聞くことができるのではないか、と期待をしている、というわけだ。

その日の昼過ぎにはケルポク博物館に着いた。途中で、ラチェリアとミシェルが早起きをして作ったサンドウィッチを食べ、レオナルドが虫に夢中になってしばらく動かず、休憩時間がずいぶんと長くなってしまったが、概ね予定どおりの時間だ。

博物館の中に入ると、レオナルドはラチェリアとオリヴァーの手を引いて、興奮気味にあちらこちらと歩きまわり、瞳をキラキラと輝かせた。

ケルポク博物館には、歴代のハミルトン領領主が趣味で集めた、種々雑多な貴重品が展示されていて、何百年も前の服や異国のアンティーク食器、古代文字で書かれた本など、その分野は多岐にわたる。

現在、展示物の管理は領主が行っているが、歴史的にも非常に貴重なものが多いため、いずれは国が買いとって、管理をすることになるかもしれない、とオリヴァーは言う。

実際百年以上も前から展示されているものも多く、それらを管理するにはかなりの手間と費用がかかるため、領主の手には負えなくなってきているのだそうだ。

なるほど。たしかにこれほどのものなら、国で管理する価値がある。ラチェリアは納得してうなずいた。

さて、大興奮で博物館の中を歩きまわるレオナルドだが、彼が展示物の中で一番興味を引かれたのは、全長一メートルほどのオオトカゲの骨。小さなトカゲしか見たことのないレオナルドは、まさかこれほど大きなトカゲがいるなんて思いもしなかった。それに骨なんて初めて見る。

「これは、何代か前の領主が外国から運んできた骨で、当時はとても話題になったものだ。骨を飾るなんて不吉だ、不浄だと非難もされたそうだ」

オリヴァーはしっかりと勉強をしてきた知識をさりげなく披露し、レオナルドはそんなオリヴァーに尊敬の眼差しを向けた。お父さまはなんて物知りなのだろう、と。もちろんラチェリアも尊敬の眼差しだ。

「領主様はとても前衛的な方だったのですね」

「そう思うかい?」

「はい。骨を運んでくるなんて、とても勇気のいることだったと思いますわ」

実際多くの批判を受けて、時の領主は一時期、心を病んだという。それでも、のちに大変貴重な資料であると認められ、こうして今も展示されているのだ。

博物館の中はとても広く、すべてを見おえたころには太陽がずいぶんと下のほうに見えた。

「そろそろ宿に向かうか」

オリヴァーはそう言って、興奮して疲れたのか、休憩のために座っていたベンチで、ラチェリアの膝を枕に眠ってしまったレオナルドを抱きあげて、馬車に乗りこんだ。

ゆっくりと走りだした馬車は、湖に沿うように進み、小高い丘を越えて、貴族たちがよく利用するという宿屋を目指す。

全室から湖を一望することができるという人気の宿だが、オフシーズンの今は利用者も少なく、すぐに予約を取ることができた。

オリヴァーが目の前のラチェリアを見ると、オレンジから紫へと色を変えようとしている、太陽が沈んだばかりの美しい空をじっと見つめている。

「疲れたかい？」

オリヴァーがラチェリアに聞くと、ラチェリアはクスリと笑って「少し疲れました」と答えた。

朝早く起きたし、馬車にも長く乗っていた。博物館はとても興味深いものばかりで、レオナルド同様に興奮してしまった。

「君も少し休むといい」

「い、いえ」

「宿までは少し距離がある。遠慮はいらない」

（そう言われましても……）

さすがに、オリヴァーの前で眠るのは、いかがなものか。それに、寝顔を見られるというのも。

「大丈夫ですわ」

「そうか」

オリヴァーはクスッと笑った。

「眠たくなったら言ってくれ。私が横に座ろう。それなら、寝顔を私に見られることもないだろ？」

なんてことを言うが、顔に出ていたのだろうか？

（それは、それでだめだと思いますわ）

ラチェリアは思わずどきっとして、うつむいてしまった。

（オリヴァー様は、ときどきとんでもないことをおっしゃるのよね）

これが噂の、無自覚天然タラシというあれなのか？　最近巷で人気の、『モテ男のあれこれ』という本に書いてあった。無自覚に異性のハートを撃ちぬいてしまう魔性で、本人にまったく自覚がないため、トラブルが起きやすいとか。

（まさにオリヴァー様のことだわ）

本人にその自覚がないのだから、仕方がないのかもしれないが、皇女との結婚を控えている身なのだから、少しは自重してほしい。

（皇女殿下も気が気じゃないわね）

いや、オリヴァーのことばかり言ってはいられないか。よく考えれば、旅行にラチェリアが付いていくことも外聞が悪いのではないか？

（こういうことも控えなくてはいけないわ。家族の旅行に図々しくも付いてきてしまって。……教育係の域を超えているわね）

そんなことを考えはじめると、せっかくの楽しい気持ちが急に下降していく。いつの間にか普通になってしまっていた三人の時間が、オリヴァーには醜聞《しゅうぶん》になるということを失念していたのだ。

いつから、自分はこんな浅慮《せんりょ》な人間になったのだろうか。

（もうこの先、今までのように過ごすことはできないのね）

「……」

急に押しだまってしまったラチェリアを見つめるオリヴァーは、気の利いた言葉のひとつも出てこない自分を恥じていた。

（私はここまで情けない男だったのか。せっかく得たこの時間を無為に過ごすのか……！）

しかし、その顔に少し影を落としたラチェリアは儚げで美しく、結局何も言葉など出てはこないのだ。

宿に着いたとき、すでに日はとっぷりと暮れ、馬車から降りると冷たい空気が体を包んだ。木々に囲まれたこの場所は、街中より気温がぐっと低くなる。

馬車の中で目を覚ましたレオナルドは、眠い目をこすりながら馬車を降り、マリエッタに手を引かれて宿の中に入っていく。続いてラチェリアが馬車から降りると、オリヴァーが自分の着ていたジャケットをラチェリアの肩にかけた。

「あ、ありがとうございます」

ラチェリアが驚いてお礼を言うと、オリヴァーはなんでもないことのように微笑んで、ラチェリアの手を取った。

(宿は目の前なのに)

まだオリヴァーの温もりが残るジャケットは、ラチェリアをすっぽりと包みこみ、オリヴァーの匂いに思わずラチェリアの体が熱を持つ。

(無自覚天然タラシおそるべし、だわ)


繁忙期ではないこともあって、宿泊客の少ない静かな宿。食事を済ませて体を清め、すっかりリラックスをしているラチェリアとマリエッタ。

つきあいの長い二人だが、同じ部屋で寝るのは今日が初めて。ベッドでくつろぎながら少女のようにはしゃぐ二人は、枕を抱えながら女子トークに花を咲かせた。

「私はお似合いだと思うわ」

「そ、そうでしょうか？　でも、彼がどう思っているのか……」

ラチェリアの思ったとおり、マリエッタはガイに恋心を抱いているらしい。

「そんなに焦ることはないわよ。恋人未満の時間が一番楽しいって言うし、今の関係を存分に満喫してもいいのではなくて？」

ラチェリアは、まるで恋多き女のようにアドバイスをしているが、実は彼女の恋の手引書でもある、お気に入りの恋愛小説に、そう書いてあっただけ。

（片思いしかしたことのない私が、恋のアドバイスなんてしていいのかしら？）

なんて自虐的なことを思いながらも、頬を染めて恥ずかしそうにしているマリエッタを見ていると、こちらまで幸せな気持ちになるし、応援したくなる。

「二人きりの時間が取れるように協力をするから、頑張ってね」

「ラチェリア様……」

感激しているマリエッタは、明日こそガイに、好みの女性のタイプを聞きだそうと決意した。

「その調子よ、マリエッタ！」

そんな話で夢中になっていると、小さくドアを叩く音がした。ラチェリアが「はい」と返事をすると「リア？」とレオナルドの声。

「まぁ、レオ。どうしたのかしら？」

慌ててドアを開けたラチェリアは、レオナルドの後ろに立つオリヴァーを見て、「キャッ」と小さく声を上げてドアを閉めた。

「す、すまない。悪気はなかったんだ」

ドアの向こうから慌てるオリヴァーの声。

「い、いえ。私も不用心に開けてしまい」

夜着の上に軽くストールを羽織っただけのラチェリアは、真っ赤な顔をしながらカーディガンに袖を通し、再びドアを小さく開けた。

「リア？」

そこには枕を抱えて見あげているレオナルド。

「どうしたの？　レオ」

ラチェリアは、人が通れるくらいまでドアを開け、二人を部屋に招きいれようとした。が、オリヴァーはそれを断った。

「すまない、リア。レオがリアと寝ると言って聞かないんだ」

「まぁ」

ラチェリアがレオナルドを見ると、レオナルドは黒い瞳をキラキラさせて、「だめ？」と首を傾《かし》げた。こんなにかわいく聞かれて、だめと言えるわけがない。ラチェリアはクスリと笑う。

「もちろんいいわよ」

「やったー」

そう言うと、レオナルドは部屋に入ってベッドに潜りこんだ。

「ありがとう、リア。レオのわがままにつきあってくれて」

「わがままだなんてとんでもない。こんなことでもないと、レオと一緒に寝ることなんてできませんから、私はうれしいですよ」

ラチェリアはそう言って本当にうれしそうに笑う。

(これからも毎日一緒に寝てやってくれないか？　と言いたいところだが、まだ早い……)

オリヴァーは、自分の心の声に思わず顔を赤くする。

「オリヴァー様？」

妄想に長く浸りすぎて無言が続き、ラチェリアが不思議そうな顔をしてオリヴァーを見ていた。

「いや、なんでもない。迷惑をかけるが、レオをよろしく頼む」

「はい、お任せください」

去り難いが仕方がない。オリヴァーは、のろのろと隣の自分の部屋へと戻っていった。

オリヴァーを見おくったラチェリアが、ベッドでシーツを被ってニコニコしているレオナルドの隣に潜りこむと、すかさずレオナルドがラチェリアに抱きついた。

「まぁ、レオったら」

「だって、ぼく、リアと一緒に寝たいなぁってずっと思っていたんだもん」

「甘えん坊さんね」

普段ラチェリアは、レオナルドが眠りに就くまで一緒にいてくれるが、朝起きたときには当然のようにその姿はない。レオナルドはそれが寂しかった。どうしたら、朝、目を覚ましたときにラチェリアが横にいてくれるのかを、ずっと考えていたのだ。だからオリヴァーが困っていることはわかっていたが、わがままを言った。「リアと一緒に寝たいです」と。

「ぼくはこれからもずっとリアと一緒に寝たいな」

「まぁ」

(かわいらしさ百二十点満点!)

ラチェリアとマリエッタは、頬を染めてとろける笑顔のレオナルドに、きゅんきゅんと胸をときめかせた。

「どうしたら、ぼくはリアとずっと一緒にいられるの?」

「え?」

「リアがぼくのお母さまになったら、ずっと一緒にいられる?」

「……レオ」

(なんと答えればいいのかしら?)

否定して傷つけたくはないが、ありもしない可能性を匂わせて、余計な期待を持たせるわけにもいかない。

ラチェリアはレオナルドの頭をなでた。

「私がレオのお母さまになることはできないから、ずっと一緒にいてあげることはできないけど」

ラチェリアがそう言うと、レオナルドははっとして顔を上げ、瞳を潤ませた。

「どうして？　どうしてお母さまになってくれないの？　ぼくのことが好きじゃない？」

ラチェリアの眉尻が下がる。

「私はレオのことが大好きよ。でもね、あなたのお母さまにはなれないの」

「どうして？　ぼくはリアにお母さまになってほしいのに」

「……」

もし、レオナルドが自分の子どもだったら、なんてありもしない世界を想像したことなら何度もある。でもそれは、ラチェリアの想像の中でだけ許される関係だ。

「オリヴァー様が結婚をすれば、レオに新しいお母さまができるわ。でもそれは私ではないの」

「なんでお父さまはリアと結婚しないの？　お父さまはリアのことが大好きだよ」

まだ幼いレオナルドには、好きの違いなどわからない。オリヴァーの好きは、レオナルドの教育係に対する信頼。恋愛感情ではないのだ。

「ありがとう。私だってオリヴァー様のことが好きよ」

レオナルドはぱぁっと顔を輝かせた。ラチェリアの言葉に鋭く反応したのはマリエッタだったが。

「じゃあ、お父さまと結婚してくれる？」

しかしラチェリアは、優しく微笑みながら首を横に振る。

「オリヴァー様のことは好きだけど、それは『結婚をしたい好き』とは違うの」

「好きなのに結婚はしたくないの？」

マリエッタがわかりやすく溜息をついている。

「フフ、レオには少し難しいわね。好きにもいろいろな種類があるの。それにオリヴァー様の好きも、私と同じように『結婚をしたい好き』ではないのよ」

「……そうなんだ」

しゅんとしたレオナルドは、ラチェリアの腰に回した手に少し力を入れて、ラチェリアの夜着に顔を埋めた。そんなレオナルドの、柔らかい黒髪をなでるラチェリア。

「私はあなたのお母さまにはなれないけど、できる限り一緒にいるからね」

ラチェリアのその言葉を聞きながら、「うん」と返事をしたレオナルドは、別のことを考えていた。

(まずお父さまに、リアのことを『結婚をしたい好き』になってもらわないと。それから、リアにお父さまのことを『結婚をしたい好き』になってもらうんだ。どうしたらいいんだろう？　どうしたら『結婚をしたい好き』になってくれるんだろう？)

ここから、レオナルドの『結婚をしたい好き作戦』が始まる、はず……。

翌朝。

「おはようございます！」

ラチェリアに連れられて、オリヴァーの待つ部屋に戻ってきたレオナルドは元気いっぱい。

(たっぷりリアに甘えて、満足している顔だな)

「しっかり寝たか？」

「はい！」

「そうか、よかったな」

そう言ってオリヴァーはレオナルドの頭をなで、ラチェリアと目が合い、互いに笑みがこぼれる。

ラチェリアは「では、のちほど」と言って部屋に戻り、オリヴァーはその姿を見おくってからドアを閉め、着替えをさせるためにレオナルドを自分の前に立たせた。

最初はどうしたらいいのかわからなかった着替えの手伝いも、最近では手慣れたもので、かなりスムーズにできる。

（まさか、私がこんなことをするようになるなんてな）

オリヴァーが広げたシャツにレオナルドが腕を通し、反対の腕もシャツに通すと、レオナルドが自分でボタンを留めはじめた。

最初はボタンをボタンホールに通すことができなかったのに、今では一番上のボタン以外は全部留められる。

（レオも器用になってきたな）

こんなささやかな成長を見まもるだけでも頬が緩む。

「お父さま？」

「ん？　なんだ？」

オリヴァーは、レオナルドのシャツの一番上のボタンを留めながら返事をした。

「お父さまは、リアが好きですよね？」

「なっ？」

思いがけない質問に目を丸くして手を止め、それからわずかに顔を赤くした。

「何を、突然……」

「嫌いですか？」

「嫌いなわけがない」

「じゃあ、好きですよね？」

「あ、ああ、まぁ、そうだな」

(なんだ？　いったい何が言いたいんだ？)

「それは『結婚をしたい好き』ですか？」

「んん？」

レオナルドが何を言いたいのかわからない。

(いったい、レオはリアとなんの話をしたんだ？)

平静を装ったまま固まった表情とは裏腹に、オリヴァーの心の中は大混乱。

(ま、まさか、リアが私のことを……？　それを聞いてレオナルドが？)

なんて都合のいいことを考えながら。

「リ、リアが何か言っていたのか？」

（私のことが、す、好きとか）

不自然なくらいに冷静な顔をしているが、オリヴァーの心臓は大暴れ。

「リアは、お父さまのことを好きだけど」

「！」

「『結婚をしたい好き』ではないそうです」

「！」

オリヴァーはがっくりと肩を落とした。鼓動がありえないほど速い。

「お父さま？」

「あ、ああ……」

高い塔から真っ逆さまに落下したようなそんな気分。歓喜が一瞬にして悲哀へと変わり、心がどんよりと重くなる。今日、どこに行こうと思っていたのかも忘れてしまった。ラチェリアに笑顔で会える気がしない。もう、帰ってしまったほうがいいかもしれない。

「ぼく、お父さまにリアのことを、『結婚をしたい好き』になってもらいたいです」

「え……？」

「お父さまが『結婚をしたい好き』になって、リアもお父さまのことを『結婚をしたい好き』になったら、リアはぼくのお母さまになってくれますよね？」

レオナルドが、期待を込めてオリヴァーを見つめている。

「そうだな。リアが私のことを『結婚をしたい好き』になってくれたら、お前のお母さまになってくれるかもしれないな」

「それならお父さまお願い！」

キラキラと瞳を輝かせて訴えるレオナルド。

（それは私がお願いしたいことだ）

オリヴァーの小さい溜息は、不甲斐ない自分に対してだ。

「私もリアに、『結婚をしたい好き』になってもらいたいと思っているよ」

「え？　お父さまも？」

「ああ。だって私はとっくにリアのことを『結婚をしたい好き』だからな」

「え！」

オリヴァーの言葉に、レオナルドは大きな目をさらに見ひらき、次第に頬が緩んでいく。

「本当ですか？」

「本当だよ」

「うわぁ、やったぁー！」

レオナルドは飛びあがって喜んだ。

（まだ、リアに好きになってもらってはいないんだが、こんなに喜ばれると振られたときが怖い

な）

オリヴァーの溜息が大きくなる。

「でも、私がリアを好きだってことは秘密だぞ」

「え？」

大喜びをしていたレオナルドが飛びあがるのをやめて、「なぜですか？」とかなしそうに小首を傾《かし》げた。

「いきなり好きだと言われても、リアだって困るだろ？」

「でも、ぼく……」

「その代わり、私のことを好きになってもらえるように努力をするから、お前も協力をしてくれ」

「……はい！　ぼく、頑張ります！」

「よし、いい子だ」

オリヴァーは頼もしい協力者の、柔らかい黒髪をなでた。

オリヴァーは頼もしい協力者を手に入れた。……が、残念ながらその協力者はあまり協力的ではなかった。

常にラチェリアに引っついて、ラチェリアに甘え、ときどきオリヴァーとも手をつなぐ小さな協力者は、屋敷に帰ってくるまでラチェリアの隣を独占していた。

（レオよ……）

賢いとはいえレオナルドは五歳児。己の欲を律することなどできないお年頃だ。

（まぁ、いいか。私もとても楽しかったからな）

湖のほとりに立つ教会に足を運び、ステンドグラスの美しさを堪能した。アリドネアの足元にいる十二匹の動物は、以前ラチェリアが言ったとおりの順番に並んでいた。

透きとおった美しい湖で初めて乗ったボートにレオナルドが大喜びをしていた。ボートの上から釣り糸を垂らして魚釣りをしたが、残念ながら魚は一匹も釣れなかった。

木陰に敷物を敷いて、宿で準備してもらったランチを食べた。そして後ろ髪を引かれる思いで帰路についたのだ。

この二日間が、思っていたよりずっと素晴らしい時間になったことは言うまでもない。

レオナルドは帰りの馬車の中で、しばらく興奮気味に話をしていたが、次第に眠くなり、ラチェリアの膝に頭を乗せると、あっという間に眠ってしまった。

オリヴァーとラチェリアはそんなレオナルドを見てクスクスと笑う。

「オリヴァー様」

「ああ」

「旅行にご一緒させてくださいまして、ありがとうございました」

「楽しめたか？」

「はい。こんなに楽しい旅行は久しぶりです」

「それはよかった。また、三人で来よう」

「……はい」

（また来ることがあっても、そのとき一緒にいるのは私ではなく、皇女殿下ね）

寂しいけどそれは仕方がない。ラチェリアはただの教育係だ。

二人はレオナルドが起きないようにと、静かに話をして、景色を楽しんだ。そんな穏やかな時間を過ごしていたが、オリヴァーがふとラチェリアに目を向けると、ラチェリアの頭がユラユラと揺れている。

（眠っているのか？）

うつむき気味のラチェリアの体が、馬車の揺れに合わせて大きく揺れる。オリヴァーは移動をしてラチェリアの横に座った。それに気がついて少し驚いたラチェリアだったが、眠気には勝てなかったようで、オリヴァーの肩に凭れかかったまま、再び目を閉じた。ラチェリアの膝を枕にして眠っているレオナルドは、まったく起きる気配がない。

オリヴァーはクスリと笑った。

（こんな時間が幸せだな）

三人でずっとこんなふうに過ごしていけたら。

「間違いなく幸せだ」

第四章　皇女ヴァレンティア

「どういうことですの？」

ドリンツ皇国の皇女ヴァレンティアは、オリヴァー・セド・ボトリング公爵への求婚を断られたことが信じられず、ドリンツ皇国の皇王で父でもあるガッツェルに詰めよった。

「落ちつけ、レティー」

ガッツェルとて愛娘《まなむすめ》からの再三の求婚を断るオリヴァーの無礼に、腹を立てていないわけではない。しかし、だからといって、やっと結んだ友好関係に水を差すようなことをするわけにはいかない。相手はユヴァレスカ帝国。たとえ、ドリンツ皇国が大国と言われていても、戦争になれば勝てる相手ではないのだ。

それに相手の言い分ももっともで、若く美しい愛娘を、十歳以上も年上の男にくれてやることが、果たして正解なのか？　と悩まないわけでもない。ヴァレンティアなら、もっと若くふさわしい家柄の子息との良縁がいくらでもある。なんと言ってもヴァレンティアは皇女なのだから。それに、ユヴァレスカ帝国と婚姻でさらに絆を深めるというなら、もっと若い、いや幼い孫もいる。その子たちのほうがよほど問題なく、婚姻関係を結べるはずだ。しかし、そうさせないのがヴァレンティア。四年前にオリヴァーを初めて見てから、毎年求婚をしている執着ぶりだ。

「このたびの求婚は、オリヴァー様も必ず受けいれる、とお父さまもおっしゃっていたではないですか！」

交易や技術供与、上位貴族の交換留学など、友好関係を締結したことで、これから国交を活発にしていこうとしている中、特に安全保障は、互いの国にとって重要な条約で、それを確実にするために、この求婚を断ることはないだろうと踏んでの、ガッツェルのフライング発言。

これまで三度の求婚を断られた理由はすべて同じ。オリヴァーにはすでに子どもがいる。皇女を後妻として迎えるわけにはいかない。いくらでも理由は挙げられるが、一番の理由はヴァレンティアが若すぎるから。

オリヴァーとは十歳以上も年の差があり、オリヴァーの子どものレオナルドとヴァレンティアの年の差は十二歳。

一度目の求婚をしたとき、ヴァレンティアは十四歳だった。それから三年がたち、今は十七歳。ヴァレンティアは十分待ったというのに。

「返事はいつもと一緒だ。若い皇女を、子持ちの男の後妻にするわけにはいかない、とな」

「もう私は大人です。体だってしっかり成長しました。オリヴァー様を満足させてあげる自信がありますわ」

「レティー！　やめなさい！」

家族以外の前では、ふわふわと夢見る少女のように振る舞うヴァレンティア。そんなヴァレンティアしか知らない人が今の彼女を見れば、夢か？　双子か？　そっくりさんか？　と混乱するだろう。

「いったいどれだけ私に恥をかかせれば気が済むの！」

ヴァレンティアは、求婚を断る返事が書かれた手紙を丸めて床に叩きつけた。ガッツェルはその様子を見て、やれやれと首を振る。

すべてを兼ねそろえた完璧な男、オリヴァー・セド・ボトリング。

ドリンツ皇国へ大使としてやってきたオリヴァーを、皇宮で開かれたパーティーで見かけたとき、ヴァレンティアは自分にふさわしい男をやっと見つけたと思った。あの美しい黒髪と黒い瞳の精悍《せいかん》な顔立ち。たくましい体躯《たいく》と品のある所作。聞けばユヴァレスカ帝国の皇帝の弟で公爵。帝国の国防を預かる帝国軍の最高司令官。妻を二年前に亡くし、息子が一人。浮いた話もなく、求婚をすべて断っているとか。

ヴァレンティアはオリヴァーから目を離すことができず、熱を帯びた瞳で見つめていた。美しい笑顔も、時折見せる寂しげな顔も、話をしているときの真剣な顔も、わずかな瞬きでさえ惜しむように、ただその姿を瞳に焼きつけていた。

すると、ヴァレンティアの兄と話をしていたオリヴァーが、ヴァレンティアのほうへ振りかえりそれからこちらまでやってきた。なぜ？　なんて聞かなくてもわかる。オリヴァーが、社交界デビューを終えたばかりの十四歳のヴァレンティアに、ダンスを申しこんできたのは、ヴァレンティアの兄に頼まれたからだと知っている。それでもまったく嫌そうな素振りも見せず、美しい笑顔をヴァレンティアに向けてくれた。

すべてにおいて完璧なオリヴァーは、初めて一緒に踊ったとは思えないほど完璧なリードで、ヴァレンティアを輝かせてくれた。そしてそのとき、ヴァレンティアは恋に落ちたのだ。だから、ダンスが終わるとすぐに求婚をした。「私と結婚をしてくださいませ」と。

オリヴァーは驚いて少し目を見ひらいて、それから優しい笑顔をヴァレンティアに向けた。

「ありがとうございます。ですが、あなたのような素晴らしい女性に、私はふさわしくありません」

「そんなことはないわ。あなた以外に私に釣りあう人なんて、いるはずないもの」

「それは光栄ですが、私は結婚をする気はありませんので」

オリヴァーの口調は極めて優しく丁寧。

「私が子どもだからですか？」

「いいえ。とはいえ確かに私と殿下とでは年が離れすぎていますね。それにあなたほど素晴らしい女性なら、これから先、たくさんの素敵な出会いがあるでしょう」

そう言ってオリヴァーは、ヴァレンティアから離れていった。

（絶対にあの方が欲しいわ）

　そのときからヴァレンティアは、オリヴァーにふさわしい女性になるために努力した。美しさに磨きをかけ、誰よりも優雅に踊り、複雑な刺繍も刺せるようになった。髪の毛の手入れには異国の特別なオイルを使い、つるつる艶々。それもこれもすべてはオリヴァーに一人の女性として愛されるため。ヴァレンティアの前で跪いて、情熱的な瞳で愛を乞《こ》うオリヴァーの手を取るため。

「私は、こんな侮辱を受けるために努力したんじゃないわ！」

「レティー、もう諦めなさい」

「いやよ！」

　ヴァレンティアはそう叫んで部屋を出ていった。ガッツェルは大きな溜息。

　ヴァレンティアには教えていないが、ボトリング公爵には、屋敷に通う女性がいる、と報告を受けている。伯爵家の養女だが生まれが卑しいため、愛人にしようとしているとかなんとか。

　息子の教育係なんて言っているらしいが、卑しい生まれの者が何を教えるというのだ。

　結局男なんてものは、欲求にはあらがえない。そこは一定の理解をするが、屋敷に愛人を通わせる男に、愛娘をくれてやるはずもない。

「ヴァレンティアにふさわしい男を早急に見つけねば」

　ガッツェルは、ただちに婚約者候補をリストに挙げるように指示をした。

　数日後、ヴァレンティアは兄の協力を得て皇国を抜けだし、オリヴァーのもとへと向かった。

＊　＊　＊

ホーランド伯爵邸の一室。

静かな話し声が聞こえたり、無言の時間が続いたり。

部屋の外から声だけを聞いていると、楽しいお茶会ではなさそうだ、と心配になってしまう。事実、楽しいお茶会を開いているわけではない。

今は、三人の若い令嬢を相手に、ラチェリアがマナーの指導中。

ラチェリアの三人目の教え子は、ドロシア・フィナンツェ男爵令嬢、十六歳。彼女の父親は、元は裕福な商人だったが、没落寸前の貴族から領地と爵位を買いとった新興貴族。

ドロシアは元平民だが裕福な家庭で育ったため、それなりのマナーを身につけていて、それなりに振る舞うことができる。だが、それが通用するのは学生のあいだだけ。社交界にデビューすれば、間違いなく笑われる。ただでさえ成りあがり貴族なんて揶揄《やゆ》され、白い目で見られているのに、それなりのマナーでは誰も相手になどしてはくれないだろう。

そこで声をかけられたのがラチェリア。メリンダから、贔屓《ひいき》にしている商人の娘の面倒を見てほしい、と頼まれたのだ。

格上の令嬢からお茶会に招待され、断ることもできずに困っていたドロシアは、ラチェリアの徹底指導を受けて、お茶会をどうにか乗りきることができた。

そして、そんなドロシアの話を聞いた彼女の友人たちからも、ラチェリアの指導を受けたいと申しいれがあったのだ。もちろん、ラチェリアは喜んでそれを受けた。

そして今は、ドロシアとその友人であるサティナ・ルブレ・エイクロン伯爵令嬢、レイチェル・パース・グレイ男爵令嬢の三人を相手にマナーの指導中というわけだ。

会話を楽しみながらクッキーを食べ、紅茶を飲む。一見するとただのお茶会の風景だが、会話の内容は、他国の特産品と自国との関係性について。主に歴史的つながりや、外交における農作物の重要性、伝統工芸とその特徴など。ただ今回の授業で重要なのは、設題を掘りさげることではなく、相手の興味を引きつつ、飽きることなく会話を続けること。もちろん美しくよどみない所作であることが大前提。

そして授業が始まって二時間がたったころ。

「今日は、とても楽しい時間をありがとうございました」

ラチェリアのその言葉を合図に、三人の令嬢は緊張した面持ちでソーサーとカップを持ちあげて、ひと口紅茶を飲み、それからカップをソーサーの上に置いた。が、残念なことに、レイチェルのカップはカチッと音がしてしまった。

「……」

「惜しかったわ」

静まりかえった部屋で一番に口を開いたのはラチェリア。

「あと少しでしたのに……」

レイチェルは残念そうな顔をした。ドロシアとサティナは、音を立てずにカップを置くことができてほっとしている。

「大丈夫よ。何度でも練習をして、完璧なマナーを身につけましょうね。それに、皆さんしっかりと勉強してきたことがわかる、充実した内容でしたわ」

相手の言葉を引きだすことも重要な会話術、という教えを守ろうとして、若干無理に話を進めた感は否めないが概ね及第点の出来だ、とラチェリアは彼女たちの頑張りを評価した。

ラチェリアの言葉に、令嬢たちは一様《いちよう》にほっとした表情だ。

「私、ラチェリア様に教わるようになってから、少し自信が持てるようになってきました」

ドロシアの言葉にうなずく二人。レイチェルとサティナは、家庭の事情で十分な淑女教育を受けることができずにいた。

学院はあくまでも小さな社交の場という認識で、マナーを教えることはない。マナーなどは、学院に入る前に身につけていることが前提であって、基本さえおぼつかない者には学院での生活はかなり厳しい。

社交術の教師は、未熟なサティナに対して眉根を寄せ、大袈裟に溜息をつき、「あなたは社交術以前の問題です。その程度のマナーは、ご家庭で学んでくるものでしょう?」と大きな声で叱責した。当然、周りの生徒からは笑われる。恥ずかしくて情けなくて、涙がこぼれそうになるのを堪えたのは数か月前の話。ラチェリアのもとに通いはじめたのは二か月ほど前から。

授業料が払えるのか心配だったが、三人一緒に授業をするのは初めてだから、とラチェリアが授業料をとても安くしてくれた。その厚意に、自分たちは結果で返さなくてはいけない。

「それはとてもよいことです。あなた方の努力は必ず報われますわ。少しの授業でこんなにも成長しているのですもの」

ラチェリアがそう言うと、三人の令嬢たちはうれしそうに笑いあう。そのとき、レイチェルが思いだしたように小さく両手を叩いた。

「そういえば、前にラチェリア様が教えてくださったお茶のことが、教養の授業に出まして」

ラチェリアが何かを教えるとき、常にそれにまつわる歴史や背景を説明に入れる。そのときに得た知識が、授業中に問題として出されたと言っているのだ。

南の小さな島国のお茶が帝国の歴史に深く関係をしている、と教師は熱弁をふるい、「その歴史に関係しているお茶を知っている者はいるか？」と質問をした。授業を受けていた生徒たちは、名前も知らない小国のことなど誰が知っているのだ、と溜息をついたが、そんな中、静かに手を挙げたレイチェル。

「初めて、自分から手を挙げましたの」

少しおどおどしながら、お茶の名前とその由来まで説明し、質問した教師や周りの生徒たちが目を丸くしていた。

「ラチェリア様のお陰です」

　レイチェルは輝かんばかりの笑顔だ。

「いいえ。すべてはあなたの努力の賜物よ。私の話をひとつも逃すまいと真剣に聞き、成長しようと真摯に取りくむことで、少しずつその成果が出はじめているのです」

　ラチェリアが三人を見まわすと、感激したように瞳を輝かせている。ラチェリアはクスリと笑った。

「さぁ、今日の授業はここまでです」

　ラチェリアがそう言うと三人ははっとして、それから残念そうな顔をした。

「私、ラチェリア様の授業ならいくらでも受けられますわ」

　サティナの言葉にドロシアとレイチェルも同意だ。

「ありがとう。私ももっとあなたたちとお話をしたいけど、このあとは——」

「レオナルド様ですね！」

　ドロシアが瞳を輝かせた。

「まぁ、ドロシア嬢。話を途中で遮《さえぎ》ってはいけません」

「あ、すみません。つい」

　ラチェリアはいつも、三人の授業を終えてしばらく歓談《かんだん》をしてから、ボトリング公爵邸に向かう。

それを知っている令嬢たちは、ラチェリアとオリヴァーの関係が気になって仕方がない。教育係として屋敷に行くことはわかっていても、ラチェリアとオリヴァーの甘い関係を想像してしまう三人は、素敵な出会いを夢に見て、恋に心をときめかせる、そんなお年頃なのだ。

「残念ながら、あなた方が想像しているようなことはありませんよ」

ラチェリアがどんなに否定しても、三人の令嬢たちは簡単にその言葉を信じることができない。

誰が言いだしたのか、ボトリング公爵の恋人が屋敷に出入りしている、という噂話を聞いたとき、三人は小さく黄色い悲鳴を上げた。しかも、公爵もまんざらでもないらしいと聞けば、期待に胸を膨らませてしまうのが乙女心というもの。

「私たちは応援していますから！」

ドロシアは頬を染めて、キラキラした眼差しをラチェリアに向けた。それはサティナとレイチェルも同じ。

「本当にそういう仲ではないのよ」

オリヴァー様には、すでにお似合いのお相手がいるのよ、とは言えないが、どうにかして誤解を解かなくてはいけない。それにラチェリア自身も、そんな噂が立つような行動は控えなくてはならない。どんなに自分たちが男女の仲ではないと言っても、世間の目にはそうは映っていない。その世間の目の中にはメリンダもいて、先日などは「オリヴァーは優良物件だと思うけど？」とラチェリアに薦めてきて、ラチェリアは困ってしまった。きっとメリンダは、ヴァレンティアからの求婚の話を知らないのだろう。そうでなかったら、冗談とはいえそんなことを言うはずがない。

(私が軽率《けいそつ》だったわ)

これからは、オリヴァーに誘われても断わろう。レオナルドには申し訳ないが、これから新しい家族を迎えいれる予定のボトリング公爵家を、醜聞塗《まみ》れにするわけにはいかない。

三人の令嬢たちが帰っていき、ラチェリアも急いで身支度を整え、ボトリング公爵邸に向かった。

「今日はオリヴァー様も屋敷にいらっしゃるのよね」

もし、一緒に出かけようと言われたら。

「ちゃんと断らないと」

ボトリング公爵邸の門を抜けると、邸の前にレオナルドとオリヴァーが立っているのが見えた。

二人の前で馬車が止まり、ラチェリアが馬車を降りるとかわいらしい笑顔のレオナルドが抱きついてきた。

「お待ちしていました」

そう言って見あげたレオナルドの笑顔は、今日もキラキラ成分をばら撒いて輝いている。

「少し遅くなってしまったかしら?」

「いいえ」

レオナルドが首を振る。

「レオが我慢できずに外で待っていたのだ」

オリヴァーがポンポンとレオナルドの頭に触れた。

「実は、今日は郊外にある大型の図書館に行こう、とお父さまと話をしていたんです」

「郊外の図書館ですか？」

「ああ。少し時間はかかるが、大きな図書館だから面白い本があるかもしれない、ということになってな」

「いい？」

（……断らないといけないのに。噂の立つ行動は控えようと決めたのに）

しかし、ここでラチェリアが断れば、レオナルドはかなしむだろうし、オリヴァーも残念がるだろう。何より、上目遣いに見あげるレオナルドのお願いを断る術を、ラチェリアは持たない。

「もちろんよ。街の図書館以外には行ったことがないから、私も楽しみだわ」

（私の決心はクリームより柔らかいわね）

ラチェリアは心の中で大きな溜息をついた。

「よし、決まりだ」

オリヴァーがそう言うと、レオナルドが大喜びで飛びあがって、用意してあったボトリング公爵家の家紋入りの馬車に乗りこんだ。ここから二時間も馬車に揺られれば目的の図書館に着く。

「うわぁ」

景色と会話を楽しみながら、あっという間の二時間を過ごし、図書館に到着したときのレオナルドの感嘆の声は、そのままラチェリアの声でもあった。

道沿いに二、三メートル程度の間隔で植えられた樫《かし》の木の豊かな葉を風が揺らし、丁寧に切りそろえられた芝生は青々としている。その広々とした土地の中央に立つ図書館は、ラチェリアがこれまで見てきた中で最も大きく、外観が見たこともない不思議な形をしていた。全体が四角く、三角の屋根がない。

「これが図書館……？」

「リワルド公国の建築技術を採用したもので、彼の英雄レグザが、晩年を過ごした屋敷を模したものだそうだ」

「まぁ、そうなのですね。それにしてもずいぶん高い所に……」

ラチェリアが大きな窓ガラスを見あげた。大きなガラスはメリンダの屋敷でも見たことがあるが、上部だけにある窓ガラスは初めて見る。

「あの窓ガラスは太陽光を取りこむためのものだ」

「太陽光を？」

「ああ。本に日の光が当たらないように計算されているらしい」

「素晴らしいですわ。なんというか……とても斬新で」

ラチェリアはとても感心したように溜息をついた。

「我が領には帝都から流れてきた者もたくさんいるんだ。帝都はあれで閉鎖的なところがあって、新しいものを受けいれるのにとても慎重だからな」

歴史や血を重んじる貴族が多く住む帝都は、多国籍国家といえども簡単に外国の文化を受けいれない。今、帝都で市民権を得ている外国文化は、時間をかけてゆっくりと浸透していったものだ。

「いきなり新しいものが入ってきても、拒絶されてしまうのですね」

「そうだ。そうして拒絶された者たちが、ここモルガン領に流れてくる」

「まぁ」

「この地で、挫折した者たちが再起を図り、我が領から新たな風を吹かせようとしているのだ」

「素晴らしいですわ」

（そのひとつが、この図書館なのね……！）

「入ろうか」

オリヴァーは、感心して瞳をキラキラと輝かせているラチェリアに、入館するように促した。

図書館は二階建てで、一階は出入り口があり、子どもも利用できるため少し賑やかだが、二階に行けば静かな空間で過ごすことができる。それに、勉強をするために個室を借りることができるのはこの図書館だけ。

「まぁ！」

（なんて広いのかしら！　天井が高くて開放的。本は……見たことのない量だわ）

「あれは？」

床に座りこんで絵を描いている二人の子ども。

「子ども広場だ」

「子ども広場?」

子どものためのスペースで、寝ころがって、絵を描いたり本を読んだり、自由に過ごすことができる。子どもが利用するため、叫ぶようなことがない限りおしゃべりをしても誰も気にしない。

「素晴らしいアイディアなのだが、利用者が少なくてな」

なぜなら平民の子どもで字を読める子は少ないし、貴族の子どもは図書館で寝ころがって絵を描かないからだ。

(前衛的すぎたわね。面白いアイディアだけど、まずは識字率を上げることのほうが重要だわ)

ラチェリアは館内を見まわしながら、あることに気がついた。

「置いてある机やイスが不ぞろいですね?」

「ああ。すべて寄付されたものだからな」

新しいものばかりではなくて、使えるものは再利用する。その考え方にはとても共感できる。それに、一見するとバラバラに見えるそれも、配置や組み合わせが絶妙で、まったく違和感がない。

「とても素晴らしいですわ」

ラチェリアは感嘆の溜息をついた。

それから三人は、各々本を手に子ども広場の低めのカウチに座った。レオナルドは、冒険ものの本。オリヴァーが手にしているのは恋愛小説。

オリヴァーに好きな恋愛小説はどれかと聞かれ、ラチェリア一推しの小説を紹介したところ、「では、それを読んでみよう」とオリヴァーがその本を手に取ったのだ。ラチェリアはびっくりしてそれを止めようとしたが、オリヴァーはクスクスと笑ってカウチに座り、楽しそうに本を開いた。

(男性が読んで面白いのかしら？)

自分の趣味を知られるのは恥ずかしい。それが恋愛小説で、その内容を知られてしまうと思うとなおさらだ。

(せめて、もう少しお堅い内容だったらよかったのに)

本の内容は、貴族男性と平民女性の恋の物語で、たくさんの障害を二人で乗りこえ、平民女性が聖女だったことがわかり、二人はめでたく結ばれるというもの。

(アレックス様が平民のメイシャに「俺は、君が君だから好きなんだ！」って叫ぶところは、何度読んでも泣けてしまうのよね)

ラチェリアは、お気に入りの場面を何度も読んで、セリフまで完璧に覚えてしまったほど。しかも物語の後半、ヒーローがヒロインに三回に一回は甘い言葉を囁くという溺愛ぶりも、ラチェリアの乙女心をきゅんきゅんさせる。

(あんな甘々なストーリーが好きなんて知られたら、笑われてしまうかしら……)

ラチェリアがチラッと見ると、オリヴァーは真剣な顔をして本を読んでいた。美しく知的な顔で読むその本が、まさか恋愛小説だとは思えないほどまじめな顔で。

するとラチェリアの視線に気がついたのか、オリヴァーと目が合ってしまった。ラチェリアはどきっとして、慌てて自分の本を開いて顔を隠した。オリヴァーの顔は見えないけど、きっと笑っているはず。だって、ラチェリアの顔が真っ赤だ。


図書館から屋敷に帰ってきてレオナルドを寝かしつけ、ラチェリアをホーランド伯爵邸へ送る馬車の中。押しだまったラチェリアと、不機嫌な顔をしているオリヴァー。

「それはリアが気にすることではない」

「そうはいきません」

「リア」

ラチェリアはオリヴァーに、これからは一緒に外出はできない、と告げた。ラチェリアのせいで、ボトリング公爵家が好奇の目に晒《さら》されることはあってはならない、と。それに。

「皇女殿下に申し訳が立ちません」

「皇女？」

オリヴァーが怪訝そうな顔でラチェリアを見た。

「まさか……リアは私がヴァレンティア皇女と結婚すると思っているのか？」

「違うのですか？」

「……違うぞ」

「でも、皇女殿下はオリヴァー様に求婚されて、オリヴァー様も再婚を考えていると」

確かにそう言った。ただ、ヴァレンティアと結婚するとは言っていない。

「その話は断った」

「え？」

「それに、私は再婚を考えているが、相手は皇女ではない」

「それは……」

ヴァレンティアとの結婚は国交にも深くかかわっているから、オリヴァーが断ることはないとカルディナが言っていた。しかし、確かにオリヴァーの口からそれを聞いたわけではない。それなのに勝手にそうと思いこんでしまうなんて、あまりに短慮な思考だ。

「申し訳ありません！　とんだ勘違いを」

「いや、あの場ではっきりと言わなかった私も悪い」

オリヴァーはそれについて怒ってはいないようで、ラチェリアは少しだけほっとした。

「でも、ご結婚を考えているお相手がいる、ということに変わりはないのですよね？」

「ま、まぁ、そうだ」

「そうであるなら、やはり一緒に外出をすることはできません」

「リア」

自分のせいで、苦しい思いをしている女性がいるのだ。これ以上、無神経なことはできない。

「これからは、その女性と一緒にお出かけください」

「ちゃんと出かけている」

「そ、そうですか。出すぎたことを……申し訳ありません」

ラチェリアは思わず顔を赤くしてうつむいてしまった。

「リア」

名前を呼ばれてゆっくり顔を上げると、オリヴァーと目が合った。ラチェリアはぎゅっと手を握りしめて頼りなく微笑む。

「お相手の女性を、大切にしてあげてください」

「大切にしているつもりだ」

それはそうだろう。ラチェリアにさえこんなに優しい笑顔を向けてくれるのに、愛しい恋人を大切にしていないはずがない。

「新しいお母さまができれば、レオもとても喜びますね」

「そうなのだが、今、雲行きが怪しくて心配をしているところだ」

「まさか……？」

断られたのですか？　なんてとんでもない言葉が口をつきそうになる。

「いや」

オリヴァーが恥ずかしそうな顔をしてラチェリアから目を逸らした。

「その……まだ気持ちを伝えていないんだ」

「そ、そうだったのですね。私ったら、また出すぎたことを……」

踏みこみすぎだ。自分の立場を弁《わきま》えず、オリヴァーに言いたくもないことを言わせてしまった。

「申し訳ございません」

「気にする必要はない」

オリヴァーに優しくされてすっかり勘違いをしてしまった。自分はただの教育係だというのに。

「オリヴァー様に愛されて……その方は幸せですね」

「……リア」

オリヴァーが目を見ひらいた。

「す、すみません。なんでもありません」

今度はラチェリアが目を逸らし、景色の見えない夜道に目を遣る。

締めつけられるような胸の苦しさの意味を考えてはいけない。オリヴァーと目を合わせることができない理由の答えを出してはいけないのだ。

「リア」

返事もできずにおずおずとオリヴァーを見ると、その瞳がとても熱っぽい。

「本当はもっと仲を深めてから、雰囲気のいい場所で花束を用意して伝えたかったのだけど」

「オリヴァー様……？」

「誤解をされたままでいるのはさすがにつらい」

「何を……？」

「リア」

オリヴァーが真剣な眼差しでラチェリアを見つめた。

「私が思いを寄せているのは君だよ。優しくしたいのも君だけ。リアのことが好きなんだ。私と結婚をしてほしい」

「……」

「レオの母親になってほしいんだ。これからもずっと三人で過ごしていきたい」

オリヴァーの言葉がうまく理解できずに、ラチェリアは言葉を失った。そして、オリヴァーの言葉が意味を持たない音のまま。

（好き？　結婚？　母親？　ずっと三人で……？）

「リア」

名前を呼ばれてはっとオリヴァーの顔を見ると、彼の顔が少し赤いことに気がついた。そして、ゆっくりと言葉のひとつひとつに意味が伴っていったとき、ようやく自分はプロポーズをされたのだと理解できた。

（オリヴァー様と……）

うれしいのに。うれしくて、うれしくて「はい」と言ってしまいたいのに。

次の瞬間、体中が熱くなるほどの喜びを、拒絶の幕が覆いかくした。

「できません……」

「……リア？」

オリヴァーの顔がみるみるうちに青褪《あおざ》めていく。

「私は誰とも結婚をするつもりはありません」

ドレスを握りしめる手に力が入る。

「リアは、私のことが嫌いか？」

「そんなわけ！　……ありません」

「好きでもない？」

「……」

「それなら、これからリアに好きになってもらえるように努力をするよ」

「違います！　そうではないのです」

本当は好き。今まで考えないようにしてきたから、恋をしないと決めていたから、自分の気持ちに気づかないふりをしてきただけ。今のこの、泣きたくなるほどの切ない気持ちが、ラチェリアのオリヴァーに対する正直な感情であることくらいわかっている。それでも。

「私は、子どもができない体です」

「……リア」

「……結婚はできません」

涙がぼろぼろとこぼれて、ドレスを握りしめている手の甲が濡れていく。

もうずっとそのことを考えないようにしてきた。仕事は順調で、マリエッタはガイと良い雰囲気。大丈夫。一人きりになってもやっていける。一人でもちゃんと生きていける。そう思ってやってきたのに。

「そんなことは関係ない。私は気にしない」

「気にしてください。子どものできない女を受けいれる家はありません。レオだって兄弟がいたほうがいいに決まっています」

「決まっていない。そんなことを勝手に決めるな」

オリヴァーは怒りを含ませた声で、ラチェリアの言葉を否定した。

「私は子どもができないことで、いろいろなことを言われてきました。たとえオリヴァー様が関係ないと言ってくださっても、世間はそうではありません。いつかオリヴァー様やレオが嫌な思いをします」

「私が言わせない」

「人の口を完全に塞《ふさ》ぐことはできません」

「リア、私たちはそんなこと気にしないよ」

「……」

「レオが君に母親になってほしいと願っているのだ」

「レオが……」

レオナルドが自分の子どもだったらどんなに幸せだろうか？　そんなことは幾度となく考えた。

「それでも、私には、無理です。……申し訳ありません」

ラチェリアはうつむき、二人はそれからホーランド伯爵邸に着くまで終始無言。

馬車が止まると、先に降りたオリヴァーがラチェリアに手を差しだした。ラチェリアは少し困ったような表情をしつつもその手を取って馬車を降り、オリヴァーから手を離そうとした。と、オリヴァーは反対にラチェリアの手を握り、スッと顔を寄せる。

「おやすみ、リア。私は諦めないよ」

「え？」

びっくりして目を見ひらくラチェリアに、微笑むオリヴァー。顔を真っ赤にしたラチェリアは、急ぎ足で邸の中に入っていった。

ラチェリアにプロポーズをした次の日、すごい勢いでミシェルがオリヴァーのもとにやってきた。目を真っ赤に腫らして帰ってきたラチェリアに驚いて、事の次第を問いつめたミシェル。ラチェリアは「なんでもない」と頑なに答えないのでオリヴァーを問いただすと、プロポーズしたと言う。

「はぁ？　プロポーズ？」

「断られたがな」

「当たり前じゃない！　花は？　宝石は？　何よ、そのシチュエーション！　馬車の中？　もっとロマンティックな場所でしなさいよ！」

そうミシェルがまくしたてた。次にオリヴァーを呼びだしたのはメリンダ。それからオルフェン。

「本当にあなたって、見かけはいいのに残念な子よね」とメリンダは首を振り、オルフェンからは「逃がすなよ」と睨まれた。

残念な子と言われるのは心外だが、ラチェリアを誤解させたままだったのは自分の失敗だ。もちろん、逃がす気もない。それに、もしそんなことになったら、レオナルドが一生オリヴァーと口を利いてくれなくなる。

❋　❋　❋

窓ガラスを激しく叩きつける雨音を聞き、雨で視界が悪くなったガラス越しに、外の景色を眺めて溜息をついた。雨のお陰と言っていいのか、今日の公務がひとつ中止になり、溜まってしまった書類を片づけることにしたブラッドフォードの手が止まってから、ずいぶんと時間がたつ。

側近のルイスが淹れなおしてくれた紅茶の湯気は、たいして上ることもなく消えていった。

ブラッドフォードは窓から離れて、机に山積みにされた書類に溜息をつきながらイスに座り、紅茶に口を付けた。アールグレイのいい香りにほっとする。

「今日は冷えるな」

「もう少し薪を足しましょう」

ルイスは、使用人を呼ぶためにドアに向かって歩きだした。

「いや、いい」

「しかし」

「暖かいと眠くなるからな」

ブラッドフォードはそう言うが、実際には毎晩なかなか寝つけず、眠っても夜中に何度も目を覚まし、常に睡眠不足だ。

「本日はもうお休みになられてはいかがでしょうか？」

連日山積みの仕事に追われ、安息の時間もない主を心配するのは、側近として当然のこと。しかし、そんな側近の気持ちを知っていても、哀れな未来の国王は、その責任をまっとうすべく多事多端《たじたたん》な生活を送っている。

お陰で、仕事で酷使《こくし》したブラッドフォードの目は徐々に悪くなり、眼鏡をかけないと文字がぼやけるようになってしまった。たった一年でこれほど目が悪くなるなんて思いもしなかったが、今かけている眼鏡も、少し目に合わなくなってきたような気がしている。

「無理をしてはお体に障ります」

「……そうだな」

ブラッドフォードは大きな溜息をついて、それから手に持ったペンを置き、背凭《もた》れに背を預けた。

国王が予定より早く退位するとブラッドフォードに告げたのは、つい二日ほど前。

王妃は実の息子で第五王子のアルフレッドを失ってから、少しずつ進行していた認知障害のせいで、仕事がまったくできなくなった。もちろんそれについては緘口令《かんこうれい》が敷かれているが、このまま隠しとおすことは難しいだろう。

それに、国王は仕事をこれまでの半分もしなくなった。いや、できなくなったと言っていい。息子を三人も失い、さらに王妃が認知障害を患い、部屋から出てこなくなってから、釣られるように国王の気持ちも下へと向いていった。それはそのまま仕事にも影響し、効率を下げ判断力を鈍らせた。そしてそのシワ寄せはすべてブラッドフォードに来て、毎日仕事に忙殺されている。

しかも問題はそれだけではない。

かつては誰もが王太子妃にと望んだアラモアナだったが、今では、多くの人々がアラモアナに背を向けている。アラモアナが王妃だなんてとんでもない、と。

（本当に勝手な話だな）

アラモアナが行方不明になり、ラチェリアが王太子妃になると、アラモアナを支持していた貴族たちはラチェリアを非難した。そして奇跡の生還を果たしたアラモアナの登場により、やっと自分たちが望む王太子妃が誕生したと思ったら、ラチェリアの足元にも及ばない。あんなに誰もが愛し賞賛した令嬢に、王太子妃としての資質はなかったのだ。

それというのも、アラモアナは仕事を選び、慣例を無視し、思いつくままに新しい公務を増やしては行政官に丸投げをするなど、やりたい放題で、まったくの期待外れだったのだ。当然、人々の失望感はこの上ない。

しかし、そんなことがあるだろうか？　あんなに素晴らしいと称賛されていたのに、王太子妃となってからは、これまでのことがすべてうそであったかのようだ。

政治や外交には関心を示さず、孤児院への慰問やチャリティーなどの慈善活動を、忙しいことを理由にすべて取りやめにした。彼女にとって大事なのは、令嬢たちを招いたお茶会や、華やかな夜会などで、そのために使う労力を惜しむことはない。

しかし社交界はマレーナ・アーリントン公爵夫人、元はブラッドフォードの婚約者候補であった、マレーナ・グライドン伯爵令嬢がその中心であってアラモアナではない。それが気に入らないアラモアナは、パーティーから帰ってくるたびに物に当たりちらす。

知的で優しく、皆に愛された令嬢はすでにいない。それどころか、王太子妃として望まれる姿から逆行していくアラモアナに対して、周りの人々が抱く感情は失望。そして、自分たちが得難い優秀な王太子妃を、悪意を持って追いだしたことへの後悔。

しかし、それをいまさら訴えたところで、どうしようもないと言うのに、アラモアナに対する苦情をブラッドフォードに言いにくる高官たちに、思わず鼻で笑ってしまった。

（ラチェは戻ってこない。アナが昔の姿に戻ることもない）

アラモアナを支持することをやめた貴族の中には、今のアラモアナはまったくの別人か、悪魔が取りついている、なんてことを言う者もいる。そう言いたくなるのもわかるのだが。

ブラッドフォードも、あんなに愛していたはずなのに、今では、アラモアナに対して抱く感情など何もない。もちろん、アラモアナにしても同じだ。

「政略結婚をした仮面夫婦だな」

思わず苦笑いがこぼれた。

今や自分がどれほどこの国に、いや、王家に必要な存在かは十分に理解している。ブラッドフォードが倒れれば、その機を逃すまいとすぐに新たな力が台頭してくるだろう。それをさせないためにも次期国王がいかに有能で、自分たちが入りこむ隙などわずかにもない、と知らしめなくてはならない。そして、そのすべてがブラッドフォードにかかっている。

誰かが手を差しのべてくれるはずもなく、まだその覚悟もできていないうちに、国を背負わされてしまってから数か月。緊張と疲労に、身も心もすり減らしていく日々の中、唯一の救いは、ウィリアムが宰相《さいしょう》としてとどまってくれていることくらいか。

もし、ラチェリアがいてくれたら。そうしたら、きっとブラッドフォードを一人きりになんてしなかっただろう。ブラッドフォードに寄りそい、全力で支え、力を尽くしてくれただろう。だが、もう彼女はいない。そして、その手を離したのはほかならぬブラッドフォード自身だ。

「殿下」

ルイスの声に顔を上げたブラッドフォードは、少し頼りなく笑った。

「今日はここまでにしよう。下がっていいぞ」

「……はい」

優秀なルイスは、主がその言葉と裏腹な行動を取ることを知っている。だから、返事をしてもなかなかその場を離れることをしない。

「なんだ。まだ仕事をしたいのか？」

「いえ」

ブラッドフォードが眼鏡をはずした。

「本当に君はまじめだな」

「恐れいります」

そう言って神妙な顔をしているルイスを見て、ブラッドフォードは少し笑ってから立ちあがり、ドアに向かって歩きだした。

「僕が休まないと、君も休めないからね」

「お気遣いくださりありがとうございます」

そう言うと、ルイスはブラッドフォードのあとに続いた。

「ハハハ、本当にルイスはまじめだ」

執務室を出ると、ブラッドフォードは「おつかれ」とルイスに軽く手を振って、執務室のふたつ先にある仮の寝室の前で止まり、「早く帰りたまえ」とルイスに微笑んでから部屋に入っていった。

「はい、失礼いたします」

ルイスは頭を下げ、ドアの閉まる音を聞いてから顔を上げた。

仕事が忙しく、自室に戻る時間さえ惜しくなったブラッドフォードが、仮眠をとるために用意させた寝室だったが、今となっては自室よりも多くの時間を過ごしている。

「どうしたものか……」

ルイスにできることと言えば、仕事を少しでも早く終えられるようにサポートし、主にゆっくり休んでもらうことだが、どれだけ頑張っても仕事は減らない。それどころか増えていく一方だ。

ガゼル王国は現在、外国との国交を活発にすべく、精力的に外交を行っている。もとはブラッドフォードの発案であることから、ブラッドフォード自ら陣頭指揮《じんとうしき》を執っているのだが、計画が発足した当初は、ある程度予想はしていたものの、これほど早いタイミングで、予定以上の仕事を振られることを想定していなかった。

見通しが甘かったと言われれば素直に認めざるを得ないが、だからといってすでに始まってしまった外交計画を止めることもできず。

その結果、寝る時間を惜しむほどの忙しさとなってしまったわけだが、これが王太子一人が抱える仕事量か？　と聞かれればやむを得ないこととはいえ、甚だ疑問だ。

しかし、今のブラッドフォードは王太子という立場と、国王の求心力の低下、問題を起こすアラモアナの存在も手伝って、簡単には貴族の協力を得ることができない状況だ。

さらに国王は外交に一切かかわらず、ブラッドフォードにすべてを任せた。任せたと言えば、信頼されているかのようにも聞こえるが、結局国王は、ブラッドフォードにすべてを押しつけたのだ。

(陛下は、殿下にどれだけの責任を負わせるつもりなのか……)

ルイスは溜息をついてから踵を返して、家族の待つ家へ帰るために、少し早足で歩きだした。

寝室に入ったブラッドフォードは、まっすぐベッドに向かい、そのままばたりと倒れこんだ。窓を叩く雨音は激しく、遠くには稲妻が見える。

「雨が少し強くなったな」

しばらく雨粒を見ていたら、ふと夜着に着替えていないことに気がついた。

「……」

仕方なくのろのろと起きあがり、服を脱いで夜着に着替えたところで、今度は喉が渇いていることに気がついた。ピッチャーにはスライスしたライムが浮かべてあり、口に含むとライムのさわやかな香りが鼻孔を抜ける。

「……」

水にライムを入れるようになったのは、ラチェリアが疲労回復にいいから、と薦めてくれたからだ。「好きにしたらいい」とブラッドフォードが言うと、ラチェリアは優しく微笑んで「ありがとう」と言った。それからブラッドフォードの飲む水には、必ずライムが入っている。

「なぜ、君がありがとうなんて言ったのかな」

ブラッドフォードの体を心配して言ってくれていたのだから、自分こそお礼を言わなくてはいけなかったのに。

「……お礼くらいちゃんと言えよ」

そんなこともできなかった当時の自分の愚かさが恨めしい。今、彼女が目の前にいたら、ありがとうと言えるだろうか。愛していると伝えることができるだろうか。

「そんな資格もないのに……」

なぜ、こんなに空《むな》しいのか？　思いもしなかった立場を手に入れた今より、生きのころうとあがいていたころのほうが、よほど幸せだったと思えるのはなぜなのだろうか？

ラチェリアがそばにいることが普通だった。二人の立場が変わっても、ずっとそばにいて自分を支えてくれるのが当たり前だと、いつの間にかそう思っていた。そうではなかったのに。互いを助け、互いを支え、互いの幸せを願う。それが二人の約束だったのに。

いつからそうではなくなったのだろう。いや、なぜ自分は二人の関係をはき違えてしまったのだろう。

アラモアナを一番にラチェリアに紹介したとき、ラチェリアならきっと喜んでくれると思った。

そして、思ったとおり、ラチェリアはブラッドフォードを祝福してくれたし、二人の関係を応援してくれた。

それなのに、ブラッドフォードには、あのころのラチェリアの顔が思いだせない。目の前にいたのに、ずっと見ていたはずなのに、何も思いだすことができない自分の身勝手さには、乾いた笑いがこぼれる。ブラッドフォードの目にはアラモアナしか映っていなくて、自分の幸せだけに酔いしれて、ラチェリアのことを考えることができなかった。

だからブラッドフォードの中に静かに育った、名前のない感情に気がつかなかった。ラチェリアとあまりに長く一緒にいたし、心を許しすぎていたから。だからアラモアナと出あったときのような、刺激的で甘やかな感情なんて抱いたこともなかったのだ。

でも、気がついてしまった。名前がないと思っていた感情が名前を持ったとき、愕然《がくぜん》とした。この感情はずっと持っていたものだったから。ただ、気がつかなかったのだ。この感情がどういうものなのか理解していなかったのだ。もっと早く気がつけばよかったのに。そうすれば二人の関係はもっと違うものになっていたはずなのに。

「……もっと早くに伝えることができていたら」

ラチェリアは自分を捨てて出ていくことはなかっただろう。もっと素直になって、子どものころのように優しくできていれば、ラチェリアは今も隣でブラッドフォードのことを、「大丈夫よ。私がついているわ」と優しく励ましてくれただろう。

「君は今どこにいるんだ」

つらい思いをしていないだろうか？　苦しい思いをしていないだろうか？　雨に震え、雷に怯えていないだろうか？

一人きりの夜は、罪悪感と虚無《きょむ》感が入れかわり立ちかわりで忙しい。

体は鉛《なまり》のように重いのに、頭と目は冴えていて、今日も長い夜を過ごすことになりそうだ、とブラッドフォードは大きな溜息をついた。

❋　❋　❋

ドリンツ皇国の皇女ヴァレンティアが、ボトリング公爵邸に突然やってきたのは、オリヴァーがラチェリアにプロポーズをしてから一か月もしないうちだった。

早朝に届いた、ヴァレンティアがオリヴァーに挨拶をするために訪問をする旨が書かれた先触《さきぶ》れに、屋敷中が一気に騒がしくなったのは言うまでもない。

帝都で働くオリヴァーに、家令のペドロが慌てて使いを出したが、どんなに急いでも、オリヴァーが帰ってこられる時間は昼過ぎ。ヴァレンティアの到着時間は昼ごろとなっているが、オリヴァーが間に合うのかは微妙なところ。

ラチェリアは、午後からやってくるためこのことを知らない。できることなら、今日の仕事を休んでもらいたいが、ラチェリアに連絡をつけることは簡単ではないため、それは諦めなくてはならない。それならせめて、ヴァレンティアより先に到着してほしい、とペドロは切に願っている。

なんといっても、相手はオリヴァーに四回も求婚をしているヴァレンティア。皇王ガッツェルの寵愛を一身に受ける姫は、ほわほわとした印象のかわいらしい少女と聞いているが、だからといって、皇国の皇女が突然訪問するこの異常事態を前に、何も問題は起こらない、と安易に考えられるほど、公爵家の使用人たちは能天気ではない。

もちろんラチェリアに限ってはいらぬ心配ではあるが、もし不敬《ふけい》を働いてヴァレンティアの気分を害するようなことが起これば、国交にかかわる問題に発展する可能性もあるのだ。

「とにかく、閣下がお戻りになるまで、皇女殿下がお越しにならないことを願うしかない」

ペドロの言葉に、屋敷の使用人たちは祈るようにうなずいた。

それからしばらくしたころ、窓の外を見ていたレオナルドが、「来たよ！」と言いながら自室から飛びだし、階段を早足で下りてきた。そして、玄関で待機をしていたペドロの横を抜けて、ドアを開けると、向こうからホーランド伯爵家の家紋の入った馬車。幸いなことに、ヴァレンティアは昼を回った今でも屋敷には来ていない。と、遠くから見なれない馬車がもう一台。

多分皇女が乗っているのだろう。

「最悪のタイミングだ」

ペドロは頭を抱えて首を振り、大きく深呼吸をしてから外に出た。

「とにかくラチェリア様に状況を説明しなくては」

馬車を降りてきたラチェリアにしがみつくレオナルド。

「リア！　いらっしゃい！」

「こんにちは、レオ」

今日もレオナルドはとてもかわいい。しかし、張りつけた笑顔のペドロを見て、すぐにいつもと様子が違うことに気がついた。それに、見たことのない馬車が、門を抜けてこちらに向かってきている。

「ペドロさん、もしかしてお客さまが？」

「ラチェリア様、実は――」

ペドロが言いかけたところで、「おい！　早くどいてくれ。ぶつかっちまうだろ！」とあとからきた馬車の御者が、ずいぶん離れたところから声を張りあげた。

港にある貸出馬車で、見た目はとても豪華だが、御者の教育はまったくしていないようだ。

「どこの令嬢か知らんが、こっちはドリンツ皇国のヴァレンティア皇女殿下様が乗ってんだ」

「ヴァレンティア皇女殿下が？」

ラチェリアは慌てて馬車を移動するように指示をし、ペドロの横に立った。

「いったいどういうことです？」

ラチェリアが、小声で横に立つペドロに聞く。

「今朝方、突然先触れで殿下がお越しになると」

「オリヴァー様には？」

「すぐに使いを出しましたので、もう少ししたらお戻りになるかと思います」

「わかりました」

ラチェリアはそう言うと背筋を伸ばした。

馬車が目の前で止まると、馬車から侍従であろう身なりのいい青年が降りてきた。そして次に、侍従の手を取った美しい金色の髪のかわいらしい少女。身にまとうドレスは、桃色の幾重にも重ねたオーガンジーが華やかなプリンセスライン。マリーゴールド色の大きな瞳がとても印象的で、ぽってりとした唇は色気を感じさせる。

（この方がヴァレンティア殿下）

少女というにはずいぶんと大人びていて、女性といったほうが適切だ。

「お待ちしておりました」

ペドロが恭《うやうや》しく頭を下げた。しかし、ヴァレンティアが突然の訪問に何かを言うことはなく。

「オリヴァー様はどちら？」

「閣下は、帝都からこちらに向かっていることと存じます」

「そう」

ヴァレンティアはラチェリアの横に立つレオナルドに目を遣った。

「あなたはレオナルドね」

「……初めてお目にかかります。レオナルド・フィレ・ボトリングです」

少しあいさつがそっけない。しかし、ヴァレンティアは気にしていないようだ。

「あなたは？　レオナルドの乳母かしら？」

ほわほわとした口調で、かわいらしい笑みを浮かべながらヴァレンティアがラチェリアを見た。

「レオナルド様の教育係を務めさせていただいております、ラチェリア・ホーランドと申します。お見知りおきくださいませ」

そう言って頭を下げるラチェリアを見おろしたヴァレンティアは、「そう」とそっけなく言って、邸へ入っていった。

「……」

ヴァレンティアが邸に入るのを確認してから、顔を上げたラチェリアは、ほっとした気持ちと、言葉にできない不安で、レオナルドに向ける笑顔がわずかに引きつる。

「レオ、部屋に行きましょう」

ヴァレンティアが帰るまでは、部屋から出ないほうがいいだろう。

（でも、なぜ皇女殿下がお一人で？）

一国の皇女が一人の侍従を伴っただけ、というのはあまりに不自然。それに、オリヴァーは皇女が来ることを知らなかった。多分、オルフェンも知らなかったはずだ。知っていれば、皇女が貸出馬車に乗ってやってくるはずがない。もしや、独断で行動をしているのか？　それなら、今ごろ皇国ではとんでもない騒ぎになっているはずだ。

「何事もないといいのだけど」

不安そうな顔をしたラチェリアの手を、ぎゅっと握ったレオナルド。

「もうすぐお父さまが帰ってくるよ」

「ええ、そうね」

ラチェリアの出る幕ではないが、何も関係がないとは言えない今の状況では、どうしても心がざわつく。皇女がこうしてやってきた理由のひとつが、ラチェリアなのかもしれないのだから。だからといって、ラチェリアにできることなど何もないのだが。

自分はオリヴァーの求婚を受ける立場にはない。それより、一途《いちず》にオリヴァーのことを思っている皇女こそ彼にふさわしい。年齢が離れているとはいっても、貴族のあいだではよくあること。血筋に問題はなく、国同士のつながりのためにも重要な関係。きっとレオナルドのことも、かわいがってくれるはずだ。それに若いヴァレンティアなら、新たな命を授かる可能性は大いにある。そう思っている。……思っているはずなのに。

「……」

いろいろ考えすぎてすっかりうつむいてしまったラチェリア。その様子を見ていたレオナルドが、ラチェリアの顔をのぞき込んだ。

「ぼくはリアがいてくれたら、それだけでいいよ。だから、どこにもいかないでね」

ラチェリアの心を見すかしているかのようにそう言って、ぎゅっと抱きつく。

「レオ。ありがとう」

少しすると部屋をノックする音が聞こえた。

「ラチェリア様」

マリエッタがドアを開けると、屋敷の使用人が申し訳なさそうな顔をして立っている。

「どうしたの？」

「皇女殿下がお呼びです」

「……わかったわ。すぐ行きます」

ラチェリアが立ちあがると、レオナルドも一緒に立ちあがった。

「ぼくも行く」

しかし、ラチェリアは首を横に振る。

「呼ばれたのは私なのだから、レオはここで待っていて」

「でも」

「大丈夫よ」

心配そうな顔をするレオナルドの頭をなでると、ニコッと笑って応接室へと向かった。

応接室の前で深呼吸をしたラチェリア。ドアをノックすると「入りなさい」と鈴のようなかわいらしい声が聞こえる。ドアを開けるとそこにはヴァレンティアと侍従、そして、家令のペドロ。

「お呼びでしょうか？」

ヴァレンティアはラチェリアをチラッとみた。

「……ほかの者たちは下がってちょうだい」

「しかし、皇女殿下――」

ペドロが少し青い顔をして口を挟んだが、それを制するようにヴァレンティアが扇を叩く。

「私は彼女に話があるの」

ほわほわとした口調だが、これ以上の異論を許さない、とばかりの威圧に青い顔をしたペドロは、ぐっと口を噤《つぐ》み「かしこまりました」と頭を下げ部屋を出ていった。

部屋にはヴァレンティアとヴァレンティアの侍従、そしてラチェリア。

ヴァレンティアは、目の前に置かれた小さなチョコレートを口に入れ、その甘さを十分に堪能してから紅茶の注がれたカップとソーサーを手にし、香りを楽しんだ。それからゆっくりと口に含み、満足そうな顔をしてカップをテーブルに置く。そのあいだ、ラチェリアは同じ場所から動かずに、ヴァレンティアに声をかけられるのを待っている。ヴァレンティアはそんなラチェリアを見てクスリと笑った。

「そんな所に立っていないで、こちらに来てちょうだい」

かわいらしい笑みを浮かべたヴァレンティアだが、その口調からは少しだけ険を感じる。

「はい」

ラチェリアは、ヴァレンティアに向かいあったソファーの横に立った。

「私ね、ここに来る前に知り合いからとんでもない話を聞いたの」

扇で口元を隠したヴァレンティアは、上から下までラチェリアを見て目を細めた。

「この屋敷に身の程を知らない女が出入りしているっていうね」

「……」

「オリヴァー様の息子に取りいって、教育係なんて名分を手に入れて、好き勝手にしている汚らわしい女。なんでも、どこかの伯爵家の養女になったとか。本当は生まれも卑しい平民だそうよ。ねぇ、ラチェリア嬢、その図々しい女ってあなたのことかしら？」

かわいらしいヴァレンティアからは想像もできない、乱暴な言葉が並ぶ。

「……どなたからお聞きになったのでしょうか？　ずいぶんと偏見があるようです」

「やっぱり。彼女が言っていたとおりだわ。自分の立場も弁えず生意気にも口答えをする」

(彼女……)

「あなたのせいでボトリング公爵家が醜聞に晒されているというのに、いつまでも図々しく居するなんて。恥を知りなさい」

返す言葉もないとはこのこと。やはりそう言われてしまうのだ。それもこれも全部自分の軽率な行動のせい。

「自覚はあったみたいでよかったわ」

ヴァレンティアは、うつむくラチェリアを見て、ようやく少し溜飲が下がる思いがした。

「わかったら早々に職を辞しなさい。そして、二度とオリヴァー様の前に姿を見せないで」

「……」

「安心なさい。あなたがまき散らした醜聞は、私とオリヴァー様が結婚をして、きれいさっぱりなかったことにしてあげるから」

「それは……」

オリヴァーは求婚を断ったと言っていたが、ヴァレンティアがそれに納得したわけではなかったということか。

「私、オリヴァー様とお会いするのは三年ぶりなの。その意味がわかる？　オリヴァー様は、十四歳の少女の私しか知らないのよ。年の差など関係ないとはいえ、幼い私を妻に迎えることははばかられたでしょうが、今の私に会えば、そのお考えもすぐに変わるはずよ」

確かに、かわいらしさだけではない、妖艶《ようえん》な雰囲気をまとうヴァレンティアは、大人の女性として魅力を十分に兼ねそなえていると言えるだろう。

「オリヴァー様が私に夢中になる姿を見て、悔しがるあなたを眺めるのも悪くないけど」

そう言ってクスクスと笑うヴァレンティア。

「ボトリング公爵家の恥となるあなたには、一秒たりともこの屋敷にいてもらいたくはないわ」

「……」

「わかったらさっさと出ていきなさい」

すでに、屋敷の女主人であるかのように言葉を発するヴァレンティア。

（殿下こそオリヴァー様にふさわしいと思っていたけど、間違っていたかもしれない……）

その考えはヴァレンティアの次の言葉でますます強いものとなった。

「それにね、あなたがどんなに頑張ってレオナルドを教育したとしても無駄よ」

「……なぜでしょうか？」

「私とオリヴァー様のあいだに子どもができれば、その子が当主を継ぐからよ」

「え……？」

なぜ、そんなことが理解できないのか、と言わんばかりに呆れ顔をしたヴァレンティアは、さらに言葉を続けた。

「私はドリンツ皇国の皇女。後ろ盾があって血筋も申し分ない私との子どもよ。当然跡取りとなるにふさわしいわ」

「お言葉ですが、レオナルド様のお母君も、ヴァーノン王国の王女であったお方です」

「だから何？　そんな小国の王女が私と同等だとでもいうつもり？　ましてやすでにこの世にいない母親なんて、なんの価値もないじゃない」

（なんてことを……！）

「だから、あなたがレオナルドを盾に居すわっても意味はないの」

「それは、殿下が閣下と結婚をしても、レオナルド様を慈しんではくださらない、とそういうことですか？」

「他人の子どもを？　私が？　私以外の女が産んだ子どもなんて、愛せるはずがないじゃない。それに、誰だって自分の血を引いた子どもが一番かわいいに決まっているわ」

「それはつまり、オリヴァー様はレオナルド様もかわいいということです」

「はっ？　本当に腹の立つ女ね。私がいるのに、オリヴァー様がほかの女の子どもなんてかわいがるわけがないでしょ！」

「そんなことありえません。オリヴァー様はレオナルド様を心から愛していらっしゃいます。彼らのことを何も知らないのに、勝手なことを言わないでください！　彼を、オリヴァー様をそんなふうに貶めないで！」

「だまりなさい！　誰が――！」

そうヴァレンティアが声を荒らげたとき、大きな音を立ててドアが開いた。その音に驚いて振りかえるラチェリアと、そこに立つ人の姿に瞳を輝かせたヴァレンティア。

「オリヴァー様！」

ヴァレンティアが立ちあがり、かわいらしい笑顔を浮かべてオリヴァーに駆けよった。しかしオリヴァーは、ヴァレンティアと目を合わせることもなく横を素通り。

「え？」

ヴァレンティアが驚いて振りかえると、その背中がヴァレンティアから離れていく。

「なぜ？　オリヴァー様……？」

もしかして、ペドロはヴァレンティアが来たことを、オリヴァーに知らせていないのか？　それとも、オリヴァーがヴァレンティアの顔を忘れてしまったのか？

（いいえ、オリヴァー様は私に会うために急いで戻ってきたんだもの。慌ててしまっただけよ。私を無視するはずがないわ）

ヴァレンティアは踵を返してオリヴァーに近づき、もう一度「オリヴァー様」と言ってその大きな手を握ろうとした。しかし、わざとか偶然か、オリヴァーはすっとラチェリアの両腕を優しくつかみ、ヴァレンティアが触れることはできなかった。

「大丈夫か？」

眉間にシワを寄せ、ラチェリアの顔をのぞき込んだ黒い瞳が心配そうに揺れている。

「私は大丈夫です」

ラチェリアのその言葉を聞いても、オリヴァーの険しい顔が緩むことはない。その額には薄らと汗がにじんでいる。必死に馬を走らせてきたのだろう。

「レオが泣いている。そばにいてやってくれ」

「え？　レオ？」

オリヴァーの言葉に驚いてドアのほうを見ると、レオナルドがぼろぼろと涙をこぼしながら立ちつくしていた。

「レオ！」

ラチェリアは慌ててレオナルドのもとまで行き、跪いて抱きしめた。

「リアぁ……」

レオナルドの後ろでマリエッタも泣いている。

(もしかして、話を聞いていた？)

そう思うと、ラチェリアまで涙がこぼれてきた。

「ごめんなさいね。かなしい思いをさせてしまったわね」

そう言ってレオナルドを抱きしめ、柔らかい黒髪をなでた。レオナルドはラチェリアの細い体にしがみつく。

「いったいこれはどういうことだ？」

「オリヴァー様、私、ヴァレンティアです」

「それで？」

オリヴァーの放った声は冷たく、見おろしたその瞳はヴァレンティアを蔑み、嫌悪していることがはっきりとわかった。

「わ、私は、オリヴァー様にお会いしたくてここまで来たのです」

今のヴァレンティアは、先ほどまでの険のある物言いとは違い、ほわほわとしてかわいらしい。

（よくここまで態度を使いわけるものだ）

ドアの外で、乱れた呼吸を整えているあいだに聞いた、ヴァレンティアの言葉は、耳を疑うものだった。しかも、身勝手な言葉が自分に向けられたものなら我慢もできたが、その矛先が向いた相手は自分が最も愛する者たち。

ドアの前に立っていたレオナルドは、オリヴァーが帰ってきたことに気がつくと、安心したのかオリヴァーに抱きつき、「リアを守って」と言って大粒の涙をこぼした。小さな体を震わせながら、ヴァレンティアの心ない言葉に傷つけられた自分のことよりも、ラチェリアのことを心配している姿に胸が痛んだし後悔もした。もっと早く帰ってくることができたら、もっとはっきりとヴァレンティアを拒絶していれば、こんなふうに泣かせることはなかったのに、と。

「私はあなたを歓迎していない。すぐに、国にお帰りください」

「なぜ……なぜ、そんな酷いことをおっしゃるの？」

ヴァレンティアは大きな瞳に涙を浮かべ、悲痛な声を上げた。

「私は、私の大切な人たちを傷つける者を許さない」

「た、大切な人って、ラチェリア嬢のこと？」

「そうだ」

ふらふらと倒れそうになるヴァレンティアを侍従が慌てて支えた。

「オリヴァー様は騙されているんです。ラチェリア嬢は教育係なんて名分を使って、立場も弁えずこの家に入りこもうとしているんだから」

「くだらない。いったい誰からそんなうそを吹きこまれたのですか？」

「え……？」

「全部でたらめです」

「そんなはずありません」

「その話をしたのはメイフィン公爵夫人だろう？　彼女のやりそうなことだ」

「彼女のやりそうなこと……？」

「そんなことはどうでもいい。外に馬車を用意しています。すぐに護衛の騎士が迎えにきますので、そのまま宮殿に向かってください。皇帝陛下が歓迎してくれますよ」

「ありえない。……本当に、冗談じゃないわ！」

ヴァレンティアは、目を吊りあげて怒鳴りだした。

「私は皇女なのよ？　なんで私がこんな扱いを受けなきゃいけないわけ？　私の求婚を断るなんて絶対にあってはならないことよ。それなのに、あろうことかこの私に出ていけですって？　そんなこと言っていいと思っているの？　私のお父さまが知ったらどうなるかわかっているの？」

（やっと本性を見せたか）

自分を抑えられなくなったヴァレンティアは止まらない。真っ青な顔をして「殿下、おやめください」と、必死に落ちつかせようとしている侍従の顔を、思いきり叩いて叫んだ。

「うるさい！　私に指図しないで！」

オリヴァーは呆れて言葉も出ない。

「オリヴァー様、私にこんな扱いをしたことを後悔するわよ」

「ほう、どう後悔するのだ？」

「お父さまに言ったら、あなたの首なんてすぐに飛ぶんだから」

その言葉を聞いたオリヴァーが、思わずぷっと吹きだした。

「な、なに？」

「首が？　私の？　冗談もほどほどにしてくれ」

「冗談なんか言っていないわよ！」

「あなたは、何か勘違いをしているようだ。あなたはドリンツ皇国の皇女だが、私はこの帝国の皇帝の弟で、公爵で、軍の最高司令官だよ」

その言葉を聞いて、はっと我に返ったヴァレンティア。

「あ……」

「あなたより、よっぽど私のほうが立場は上だ。どちらかというと、あなたが私に対して不敬を働いていることになるのだがな。で？　あなたは自分の愚行《ぐこう》を父君に報告して、ユヴァレスカ帝国に戦争でも仕掛けてくれ、とお願いをするのか？　私はそれでも構わんが、今ここであなたを捕まえて、皇国に取引を持ちかけてもいいのだよ？　そのときは、父君の努力もむなしく友好関係が破綻するがね」

「え……？」

「どうする？」

「……え……？」

ヴァレンティアは言葉を失って、真っ青な顔をして立ちつくす。オリヴァーは溜息をついて、それからドアの前に控えていた騎士を呼んだ。

「皇女殿下を馬車までお連れしろ。護衛の騎士が到着し次第、宮殿に向かっていただく」

四人の騎士が「はっ！」と返事をし、呆然《ぼうぜん》と立ちつくすヴァレンティアと、床に座りこんだままの侍従の脇を支えて、馬車まで連れていった。宮殿に送りとどければ、あとのことはオルフェンがどうにかしてくれるはずだ。

「リア、レオ！」

応接室の壁際で座りこんで抱きあう、ラチェリアとレオナルド。オリヴァーは二人のもとに駆けよって膝を突いた。

「オリヴァー様」

目元を真っ赤にしたラチェリアが、ほっとしたようにオリヴァーに微笑んだ。

「すまなかった」

「いいえ。助けてくださりありがとうございます」

「遅くなって、本当に」

オリヴァーの顔が後悔でゆがむ。

「私は大丈夫です。でも、レオが」

顔も上げずにラチェリアにしがみついているレオナルド。

「……――ない？」

「え？」

レオナルドの小さな声はほとんど聞きとれず、思わず聞きかえした。しかし、レオナルドは顔を上げることなく、しがみついた腕に力を入れる。

「レオ？　もう何も心配はいらないわ」

ラチェリアはそう言って柔らかい黒髪を優しくなでた。

「リア」

顔を隠していたレオナルドがおそるおそる顔を上げる。その瞳は不安に揺れ、ようやく止まった涙が再び溢れそうだ。

「リアは、どこにも行かない？」

「え……？」

「リアは、ずっとぼくと一緒にいてくれる？」

「……ええ、どこにも行かないわ」

その言葉を聞いてレオナルドは再びぼろぼろと泣きだした。

「ぼくは、リアにお母さまになってほしいです。ほかの人なんて嫌です。リア以外にお母さまはいりません」

「レオ……」

「リアは、ぼくのお母さまになんて、なりたくない？」

「いいえ！　そんなことないわ」

これ以上答えてはいけないのに。でも、もうごまかすことができない。

「私は何度も、レオが私の子どもだったらいいのに、と思っていたわ」

「本当？」

「ええ、本当よ」

「リア」

目を見ひらいているオリヴァー。

「今の言葉は本当かい？」

「……本当です。私は三人で過ごす時間が、ずっと続けばいいのにと思っていました」

その言葉を聞いて、オリヴァーは思わず二人を抱きしめた。

「リア、お願いだ。正直に答えてくれ。私は、君さえいてくれればいいんだ。だから、私と結婚をしてほしい。君を愛している。君を幸せにしたいんだ」

「リア、ぼくからもお願いです。ぼくのお母さまになって」

「……二人でプロポーズなんて、ずるいわ……」

「三人で幸せになろう」

ラチェリアはぼろぼろと涙をこぼして、それから「はい」と返事をした。

「ありがとう、愛している」

「……私も、お慕いしております」

「ぼくだってリアが大好きです」

そう言ってオリヴァーとレオナルドがラチェリアの頬にくちづけをした。


ヴァレンティアがドリンツ皇国に送りかえされたのは、それから二週間後のこと。

皇女がいなくなり、大騒ぎになった皇国からの使者が、オルフェンに謁見を申しいれたとき、すでにヴァレンティアはオルフェンにより保護をされていた。ヴァレンティアの所業について報告をされた使者は、顔面を蒼白にして床に額をこすり付けて平謝りをし、このことで友好関係を破綻させないでほしいと何度も訴えていた。

オルフェンにしても、せっかく築いた両国の関係に水を差すようなことは望んでいないため、ガッツェルに余すことなく報告をすることで、今回の件はなかったことにすると約束をした。ずいぶんと寛大な措置ではあるが、オリヴァーがニコニコしながら、ラチェリアがプロポーズを受けてくれた、と報告しにきたことで、そのような措置になったのは言うまでもない。

それに、今回のことはヴァレンティアの独断で、ガッツェルはまったく知らなかったことも大きい。しかし、皇女の出国に手を貸したヴァレンティアの兄の処分は重いものとなるだろう。

ヴァレンティアは帰国後、すぐに皇国内の侯爵家へと嫁いでいった。当初、嫌がるかと思われた結婚だったが、ヴァレンティアはおとなしくガッツェルの命令に従った。

そのヴァレンティアは、帰国してからずいぶんと様子が変わったようだ。ほわほわした口調は年相応のしっかりしたものになり、おっとりとした性格は少し、いやずいぶんと気の強い性格になったとか。

皇女にラチェリアのことを話したカルディナは、謹慎という皇帝の命令に背いた罰として、生涯社交界への出入りを禁じられた。また、今後ボトリング公爵家にかかわろうとした場合、メイフィン公爵家の取りつぶしも考えると釘を刺され、カルディナは社交界から姿を消した。


ラチェリアとオリヴァーの結婚式は、それから半年後に行われた。

「こぢんまり」とした式にしたい、というラチェリアの希望はメリンダによって却下されたが、それでもどうにか譲歩《じょうほ》してもらい、宮殿内の庭園を使ってのパーティーとなった。

最初は、宮殿内で最も美しくきらびやかな、『白宝の間』でパーティーをするのはどうだ？　とオルフェンにニコニコしながら言われたが、さすがにそれはオリヴァーが断った。ラチェリアも困った顔をして首を振っていたから断って正解だ。

花が大好きなラチェリアにピッタリだ、と言って庭園で行うことを提案したのはオリヴァー。それにはラチェリアも喜んでうなずいたので、宮殿の庭園に簡易な祭壇を作って、式も庭園でしようということになった。

式の準備を取りしきったのは、ミシェルとメリンダ。最初は恐縮していたラチェリアだったが、あまりに楽しそうに二人が話し合いをしているので、お任せすることにしたら、とても豪勢な式場が出来上がってしまったのだが。

そして結婚式当日。

優しい日の光が降りそそぐ宮殿内の庭園で行われた、ラチェリアとオリヴァーの式は、終始笑顔の絶えない温かいものだった。

オリヴァーの腕に手をかけ、とろける笑みを浮かべて登場したラチェリアの美しさに、参列者から溜息がもれる。

白金の糸で全体に刺繍を施《ほどこ》し、胸元に白と黄色の朝摘みの瑞々しい花をあしらった真っ白なドレスをまとい、結いあげた髪にはドレスとおそろいの生花の髪飾り。白とピンクを基調としたアンスリウムとコチョウランのブーケは、幸せそうなラチェリアにぴったりの色だ。

オリヴァーは白いタキシードに、ブラウンのベストとアスコットタイ。ネクタイリングにはラチェリアの瞳の色と同じ、青に近い緑色のアレキサンドライト。

そして二人の前に立つのは、オリヴァーとおそろいのベストに白いシャツ、膝下くらいの長さのズボンを履いてフラワーボーイを務めるレオナルド。

二人の前を歩くレオナルドは、ヴァージンロードに白とピンクの花びらをまきながら、かわいらしい笑顔を振りまいている。

そんなレオナルドは、パーティーのあいだもずっと楽しそうにはしゃいでいた。今日は苦手な従姉《いとこ》のペリアリスから逃げることもしないし、ペリアリスのちょっと意地悪な言葉も気にならない。どちらかというと、いつもと違うレオナルドにペリアリスが怪訝そうな顔をしていたくらいだ。

そして何度もラチェリアのそばに来ては「お母さま」と呼んで、「なぁに」とラチェリアが返事をすると、恥ずかしそうにもじもじしている。その姿を見て悶えていたのはメリンダだった。

結婚式には、ラチェリアの実の父親であるウィリアムの姿もあった。

数か月後には宰相の職を辞する予定のウィリアムは、後任のミハイル・シンプソン伯爵に仕事のほとんどを引きつぎ、結婚式に参列するために渡航を強行した。ブラッドフォードの即位式が迫っているこのときに、どんな理由をつけて国を出てきたのかはわからないが、ウィリアムは「私がいなくても問題ない」と笑っていた。

そのウィリアムは結婚式のあいだに何度となく、青に近い緑色の瞳から涙をこぼした。それは、妻を亡くして以来、人前で冷然とした態度を崩したことのない男の素顔を見ることができる、貴重な瞬間でもあった。それを知る者は少ないが。

平坦な道など一度として選ぶことのなかった娘が、ようやく心穏やかに過ごせる場所を手に入れたのだ。感情が昂ぶったとして何が恥ずかしいことがある。ウィリアムは本来そんな男だ。

そんな父に、ラチェリアはイライザによく似た眩《まぶ》しい笑顔を向けた。

ラチェリアの望む「こぢんまり」にはならなかったが、たくさんの人たちに祝福をされて、幸せな結婚式となった。


ブラッドフォードのもとに、思いがけない知らせが届いたのは、定例会議が終わってすぐのことだった。

「ユヴァレスカ帝国、オリヴァー・セド・ボトリング公爵が結婚。お相手……ジェイクス・ホーランド伯爵が息女ラチェリア・ホーランド。……ラチェリア？　……ラチェ？」

第五章　ガゼル王国へ

ガゼル王国の新国王誕生の式典に呼ばれたオリヴァーとラチェリア。明日には出発するというのに、ラチェリアの体調は芳《かんば》しくない。一週間くらい前から体が重くて、なんとなく熱っぽい感じがするのだ。

ガゼル王国に行くあいだ、長く仕事を休んでしまうこともあって、今日までかなり無理のあるスケジュールで仕事をこなしていたので、疲れが溜まってしまったのだろう。

「やはり、リアは行かないほうがいい」

ラチェリアを横向きに膝の上に乗せて離さないオリヴァーは、こんな体勢でも至ってまじめに話をしている。

「オリヴァー様、いくらレオが見ていないからといって」

さすがに毎回こうして膝の上に乗せられていると、いいかげん慣れてはくるのだが、そろそろ降ろしてほしい。

「レオがいるとできないからな」

そう言ってオリヴァーは腕に少し力を入れた。

レオナルドの前でこんなことをしたら、一気にレオナルドの機嫌が悪くなる。そのため、夜の短い時間だけでもラチェリアを堪能したいオリヴァーは、なかなかその手を離さない。

「体調は良くなっていないのだろう？」

「それはそうなのですけど、少し熱があるだけですし、すぐ治りますわ。それに式典には出席しないと」

重要な式典にはパートナーを同伴するのは常識だが、なぜオリヴァーとラチェリアなのか？

ガゼル王国からの招待状には、『ぜひ、国防についてのお話を伺いたい』と暗にオリヴァーを指名しているともとれる書き方がしてあった。オリヴァーは、ラチェリアが拒めば話は受けないつもりでいたが、「私は大丈夫です」と、ニコッと笑って返事をされてしまった。できれば断わってほしかった、というのがオリヴァーの本音だが、ここでしっかり決着をつける必要があるのかもしれない、とその話を受けることにしたのだ。

「それに、レオに私の母国を見せてあげたいのです」

ラチェリアの事情を知るレオナルドは、ガゼル王国に対していい印象を持っていない。それはとても寂しいことだ。ラチェリアが苦労をしたことが、ガゼル王国のすべてではない。人々は優しかったし、街並みもとてもきれいだ。

できればレオナルドには、ガゼル王国の素晴らしさを直接肌で感じて、内に植えつけられてしまったガゼル王国に対する悪感情を、少しでも払拭してもらいたい、というのがラチェリアの思いだ。

「まぁ、私も君の生まれ育った国を見てみたいと思っていたからな」

「ええ、あなたにもぜひ見ていただきたいですわ」

「それなら、早く体調を万全にしないと」

そう言ってオリヴァーは、ラチェリアを抱きあげて立ちあがり、ベッドまで運んだ。

「明日は早い。ゆっくり休んで」

オリヴァーはそう言ってラチェリアに軽くくちづけをした。

「こんなことをしたら風邪をうつしてしまうわ」

「君からもらえるものはなんでももらいたいよ」

「風邪なんてもらってもいいことありませんよ」

「リアと仲良しだと自慢ができるのは、私にとってはいいことだ」

「もう」

「おやすみ」

オリヴァーは、今度はラチェリアの額にくちづけをする。

「おやすみなさい」

ラチェリアがそう言うと、オリヴァーは静かに部屋を出ていった。

明日はついにガゼル王国に向かって出発をする。二度と、あの地に足を踏みいれることはできないかもしれない。そう思っていたのに、こんなに早く戻ることになるなんて。

王国の人たちは、帝国から来る人間がラチェリアであることを知っているのだろうか？　知らずに呼んで、ラチェリアだと知って、式典を台無しにしてしまうようなことにはならないだろうか？

それに体調不良も心配だ。一か月近く船に乗ることになるし、薬が欲しくてもすぐには手に入らないかもしれない。

早く寝なくてはいけないのに、いろいろな感情や考えが浮かんでしまう。それでも、ラチェリアは早々に眠りに就き、朝は気持ちよく目を覚ました。

「おはようございます。奥さま」

ちょうどマリエッタがラチェリアを起こすために、カーテンを開けようとしているところだった。

「おはよう、マリエッタ」

「体調はいかがですか？」

熱が上がっていれば、間違いなく今日からの渡航には連れていってもらえない。

「ええ、大丈夫よ」

顔色は悪くないし、マリエッタが額を触っても少し熱いかな？　とはっきり判断できない程度。

「医師が同行しますし、心配はいりませんよ」

マリエッタはそう言って、洗顔のために水を張ったボウルとタオルを準備した。

結婚をしたラチェリアに付いてきてくれたマリエッタは、ボトリング公爵家に来た今でも、変わらずにラチェリアの専属侍女として働いてくれている。

ただ、これまでと違うのは、マリエッタの仕事の内容。以前は、ラチェリアの身の回りの手伝いが主立った仕事だったが、今はラチェリアの秘書としての仕事を主としている。ラチェリアはホーランド伯爵家にいたころと変わらず、自分のことは自分でするようにしているため、身の回りの世話をする侍女を、それほど必要としていないのだ。

「レオナルド様がずいぶんと早くに起床されて、奥様を待っていらっしゃいますわ」

「あらあら。出発が楽しみで仕方がないのね」

レオナルドが船に乗るのは今回が初めてで、ずっと前からこの日を楽しみにしている。

「すぐに準備をしないと」

ラチェリアは身支度を整えると、レオナルドの待つ食堂に向かった。食堂のドアを開けると、レオナルドがうれしそうに早足でラチェリアの所まで来て、ギュッとその細い腰に抱きついた。

「お母さま、おはようございます」

「おはよう、レオ。気持ちのいい朝ね」

ラチェリアが柔らかい黒髪をなでると、レオナルドがとろける笑顔で見あげた。

「体調はいかがですか？」

「とてもいいわよ。ありがとう」

ラチェリアがそう言うとレオナルドはニコッとして、その白い手を引いてラチェリアを席までエスコートした。

「お父さまは？」

「もう食事を終えて、出発の準備をしています」

「外かしら？」

「はい」

オリヴァーは、渡航のために連日忙しく打ち合わせをしていた。

「私ったら、ずいぶんと寝坊をしてしまったわね」

「そんなことはないです。お母さまは体調を万全にしないといけないので、ぎりぎりまで寝させてあげようと、ぼくとお父さまで決めたのです」

「そうだったの、ありがとう」

優しい夫と息子は、いつもラチェリアを一番に考えてくれる。

「レオは、船に乗るのは楽しみ？」

「はい！」

数日前から使用人たちに混じって、いそいそと自分の衣類や本、ボードゲームを上機嫌で準備していたレオナルド。しかし、ガゼル王国という言葉を出すと、打って変わって不機嫌になる。だから、今回の渡航は、おじいさまに会いにいくのが一番の目的で、ラチェリアたちが式典に参加するのはそのついで。

ちなみにおじいさまとはウィリアムのことで、結婚式のときに二人は初めて会って意気投合し、次に会うときには、ウィリアムのコレクションを見せてもらう約束をしているのだそうだ。

「お母さまは？」

少し心配そうな顔をしたレオナルドの頭をなでて、ラチェリアは微笑んだ。

「とても楽しみよ。レオに私の好きな景色を見せてあげられるもの」

「ぼくも楽しみです」

ただの旅行ではないのは残念だが、オリヴァーが「ついでにゆっくりしていこう」と言ってくれたので、式典が終わったらしばらくはパラタイン侯爵邸で過ごして、そのあと外国に行く予定だ。

「さぁ、そろそろ時間よ」

「はい！」

ラチェリアが立ちあがった。それに続いてレオナルドも立ちあがる。

レオナルドは、ラチェリアがフルーツしか食べていないことが少し気になった。


天候は悪くないし、海が穏やかで風も気持ちがいい。船の旅行は概ね順調だ。ラチェリアの体調不良を除いては。

乗船二日目。微熱とだるさが続き、ついには船酔いをしてトイレに駆けこんだラチェリア。今はベッドで医師の診察を受けている。船酔いは仕方がないとしても、やはり微熱が続くのはおかしい。

何か病気にかかっているかもしれない。

ラチェリアは船に乗っているあいだ、そのうち治るから心配はない、と言って一度も診察を受けなかった。が、船酔いで顔を真っ青にしているのを見てしまうと、さすがにラチェリアの判断に任せておくこともできない。オリヴァーは「船酔いは病気ではありませんよ」というラチェリアの言葉を無視して、無理やりラチェリアをベッドに寝かせ、医師に診察してもらうことにした。

医師の診察中、部屋の前の廊下で待っていたオリヴァーは、うろうろしていて落ちつかない。前妻のこともある。もし大病だったら、と思うとじっと座って待っていることなどできなかった。

ドアが開いて医師が出てくると、オリヴァーは慌てて駆けよった。真剣な顔をしたオリヴァーに対して、女性医師であるクロエはとても穏やかな顔をしている。

「先生、妻は？」

大丈夫です、と言ってほしい。すぐに治ります、と。しかし、ニコッとしたクロエの口からは、すぐには理解できない言葉が飛びだした。

「おめでとうございます。ご懐妊《かいにん》です」

「……」

(ごかいにん……？　なんだ？)

「閣下、奥さまは妊娠三か月です」

「え？　……にん娠？」

「ええ、今は一番大事な時期なので安静にして、無理をさせないように」

「あ、ああ……」

「奥さまが待っていらっしゃいますよ」

クロエの言葉を聞いても信じられない気持ちのオリヴァーは、かすかに震える手でドアを開けた。

ドアの先にはベッドの上で顔を両手で覆って、体を震わせているラチェリア。

「リア！」

オリヴァーが駆けよると、涙で顔をぐしゃぐしゃにしたラチェリアが、両腕を広げてオリヴァーに抱きついた。

「オ、オリヴァ、さま。わ、わたし……」

「ああ」

言葉がない。何を言えばいいのかわからない。「ありがとう」か？「おめでとう」か？きっとどんな言葉も、今の二人の気持ちを表すことはできない。オリヴァーが呟いたのは「神様」だけだった。

長い時間二人は抱きあい、ラチェリアの涙が止まるまで、オリヴァーはずっとストロベリーブロンドの美しい髪をなでていた。

きっと皆心配しているだろう。ドアの向こうからレオナルドの声が聞こえる。それに気がついて、ようやくラチェリアが顔を上げた。二人で目を合わせて、とろけるような笑顔で微笑んで、もう一度抱きあって。

「レオに報告をしないと」

「ええ」

「呼んでくる」

オリヴァーはラチェリアの頬に触れて、ドアに向かった。オリヴァーがドアを開けると、そこには不安そうな顔をしたレオナルドとマリエッタ。そんな二人をオリヴァーが部屋に招きいれると、レオナルドとマリエッタは瞳に涙を浮かべて、ラチェリアのもとに走った。

医師のクロエは何も教えてくれないし、オリヴァーも部屋からなかなか出てこない。いったいどれほど重い病気なのかと思うと、気が気ではなかった。それが、ラチェリアが口にしたのは、信じられないほど幸せなことだったのだから！

レオナルドは飛びあがって喜び、マリエッタは号泣してラチェリアと抱きあって喜んだ。重苦しい空気が一気に晴れわたっていくようだった。

空は青く澄みわたり、海は穏やかで風が気持ちいい。船の旅は概ね順調。

ラチェリアは甲板《かんぱん》の日陰に座って刺繍をしたり、本を読んだり。レオナルドはラチェリアが快適に過ごせるようにと、何やらあちこち動きまわって忙しそう。ラチェリアは、そんなレオナルドを見てはクスクスと笑った。

そうして三週間が過ぎたころ、ようやくガゼル王国の港に船が到着した。

これまでに何隻《せき》も国賓を乗せた船が港に到着をしているのだろう。厳重《げんじゅう》に警備された船着き場から少し離れた所に、多くの人々が集まって船を歓迎している。

ラチェリアたちが乗る船も同様に歓迎された。そして、人々の視線が注がれる中、一番に姿を見せたのは、ユヴァレスカ帝国の皇族の特徴である黒髪と黒い瞳に、すらりとした長身の見目麗しいボトリング公爵。そして、公爵の手を取ったのは、輝かんばかりの笑みを浮かべた美しい公爵夫人。公爵夫人の横には天使かと思うほどかわいらしい男の子。誰もが見とれる美しい親子だ。

しかしラチェリアを見ても、ほとんどの人たちがラチェリアとは気がつかなかった。白い肌に青に近い緑色の瞳も、艶やかなストロベリーブロンドの髪色も何も変わってはいないのに、人々の知るラチェリアはそこにはいなかったのだ。

もちろん人々の知るラチェリアも美しかった。だが、美しかったが、若々しくはなかった。美しかったが、輝いてはいなかった。美しかったが、幸せそうではなかった。

だから、ラチェリアたちが乗る馬車が、その場をあとにしてから、「さっきの公爵夫人って、ラチェリア様だよな？」と誰かが口にするまで、気がつく人はほとんどいなかったのだ。

王都にあるパラタイン侯爵のタウンハウスに着いたのは、それから二十日後のこと。妊娠中の体に極力負担をかけまいと、かなりゆっくりと進んだこともあって、式典の前日の到着となってしまった。

「お待ちしておりました」

タウンハウスの管理を任されているのは、執事のギャビン。それに、懐かしい使用人たち。皆、笑顔で客人を出むかえた。

「ようこそお越しくださいました、ボトリング公爵閣下。公爵夫人もお変わりないようで、とても安心いたしました。レオナルド様、ゆっくりとくつろいでくださいませ」

そう言ってギャビンが恭しく頭を下げる。

「短いあいだだがよろしく頼む。お義父上はいらっしゃるのか？」

「旦那様はまだお戻りではありませんが、夕方にはお帰りになると」

宰相として最後の仕事を忙しくこなすウィリアムは、連日深夜の帰宅らしい。

「わかった。お帰りになったら教えてほしい」

「かしこまりました」

「リアは少し疲れているので休ませたい。まずは寝室に案内をしてくれ」

「はい」

ギャビンは少し目を見はって、それからうれしそうな笑顔で二人を寝室に案内した。

案内された部屋は、ラチェリアが以前使っていた部屋。壁紙やカーテンは替えてあるが、机や鏡台などの家具はそのまま。ベッドが以前より大きいサイズになっているのは、こんなときが来ることを見こしていたからなのか。

ラチェリアは早々に着替え、ベッドに潜りこんだ。ゆっくりとはいえ馬車に乗りつづけるのは相当な負担だったはずだ。お腹の中の子どものことを考えると、心配が絶えなかったことだろう。

「食事の時間になったら起こしにくるから、今はゆっくりして」

オリヴァーがラチェリアのストロベリーブロンドの髪をなでると、ラチェリアは「はい」と言って瞼を閉じた。疲れていたのか、あっという間に眠りに就いたラチェリアを確認して、オリヴァーは部屋を出た。

邸の中はラチェリアからのうれしい知らせと、天使の愛嬌を振りまくレオナルドのお陰で、とても賑やかだった。そして、夕方に帰ってきたウィリアムと共に家族そろっての食事をし、始終興奮をしていたレオナルドは、ラチェリアと一緒にベッドに潜りこむとすぐに眠ってしまった。

オリヴァーとウィリアムは、その日の夜遅くまで話をしていた。テーブルの上のグラスに注がれたきれいな琥珀色の蒸留酒はウィリアムのとっておき。

「まさかとは思っていましたが」

ウィリアムの話を聞いて、頭の片隅にあった、拭いきれない疑惑が疑惑ではなくなり、それに巻きこまれて長く苦しんできた、愛しい妻の苦痛を思うと、怒りがオリヴァーの全身を駆けめぐる。

「彼はそれを知っているのですか？」

「さて。だが、まったく知らないわけでもないでしょうな」

「そうですか」

ウィリアムが確信を得ることになったのも偶然で、王妃ジェレミアが、彼女の中だけに生きる誰かと、話をしているのを聞いたから。そうでなければ、ここまで調べることはできなかったかもしれない。

「彼がそれを知ったとして、どうすると？」

オリヴァーの言葉にフッと笑ったウィリアムは、「さぁ？」と言って小さく肩を竦《すく》めた。

「彼も愚かではありません。そして、今の状況を望んでいたわけでもないらしい。正義を貫いて、王家を守るのか、すべてを覆いかくして、王家を守るのか。どちらにしても、いまさらあとには引けませんから」

それを一人で背負うには重すぎるが、いまだその立場が盤石とはいえない状況で、彼が心を許し秘密を共有できる真の忠臣はそれほど多くはない。しかし、それが彼の選んだ道だ。だから彼は孤独と戦いながら、一人ですべてを受けとめなくてはならないのだ。

「同情はできませんがね」

たとえラチェリアを愛していると言っても、それまで散々傷つけてきた事実は何があっても変わらない。ラチェリアが苦しんでいることを知っていても、彼女を守ることもしなかった彼には当然の報いだ。

それでも、オリヴァーがラチェリアと出あえたのは彼が愚かだったから。だから。

「彼が求めるのなら、協力くらいはしてあげますよ」

そう言ってオリヴァーはグラスを傾け、蒸留酒を一気に飲みほした。氷がからんときれいな音を響かせた。

式典の当日。

穏やかな日差しと、静かに吹きぬける風が気持ちいい朝のパラタイン侯爵邸。

ラチェリアが着ている白に近い銀色のエンパイアドレスは、裾の部分に金の絹糸で薔薇の刺繍が施されている、とても手の込んだデザイン。そしてアクセサリーは、小振りのルビーのブレスレットのみという、とてもシンプルなスタイル。というのも、首に何かが当たると苦しく感じたり、イヤリングをすると、頭が痛くなったりするからだ。妊婦にはよくあることです、とベテランの侍女長が教えてくれたが、せっかくそろえたアクセサリーが使えないのは少し残念。

「とてもきれいだよ、リア」

「とても素敵です」

どんなときでも褒めてくれる夫と息子は、今日もうっとりとラチェリアを見つめている。

「フフフ、ありがとうございます」

「誰が主役だかわからなくなってしまうかもな」

「言いすぎですわ」

ラチェリアは困ったように笑うが、オリヴァーは本気だ。

「さて、そろそろ行こうか」

「はい」

オリヴァーがラチェリアの手を取った。

「レオ。いい子にして待っているんだぞ」

「はい。早く帰ってきてくださいね」

「ええ、できるだけ早く帰るわ」

「行ってくる」

レオナルドの頬にくちづけをして、二人は馬車に乗りこんだ。

今日は式典と食事会、明日はパーティー。普段のラチェリアならこなせるスケジュールも、今の体調では心配だ。

今のところオリヴァーの目には、ラチェリアの体調は悪くなさそうに見えるが、何が原因で急変するかはわからないし、だからといって医師を同行させるわけにもいかず、オリヴァーの心配は尽きない。

（やはり、今日は私一人で来るべきだったか）

そろそろ安定期に入るとはいえ、馬車が妊婦の体にいいわけがない。しかし、オリヴァーの心配をよそに、ラチェリアは馬車の窓から見える、懐かしい景色を楽しんでいるし、顔色もとてもよい。

（心配をしすぎか？）

オリヴァーは、ラチェリアよりも神経質になっている自分に気がついて、苦笑いをした。

馬車が宮殿に着いても降りるまでにしばらく時間がかかった。ラチェリアたちより先に到着していた馬車が、宮殿の前に何台も並んでいたためだ。そして馬車から降りた賓客が、続々と宮殿内に入っていく。

しかし、この国の人々が注視しているのは、宮殿に入っていく賓客たちではない。馬車の窓から外を見ていたラチェリアの目にもわかるほど、多くの視線がこちらに向いていたからだ。ラチェリアたちが乗っているのは、パラタイン侯爵家の家紋が入っている馬車。誰が乗っているのか気になるのは当然のことだろう。ウィリアムは入場時間が違うため、この馬車に乗る人がウィリアムではないと、この国の者たちはわかっているだろうが。

ようやく宮殿の入り口前に馬車が到着した。馬車のドアが開き、まずはオリヴァーが降り、続いてラチェリア。ラチェリアが降りてきたとき、目が合った侍従の顔は、驚くほど青く、かわいそうなくらいおどおどしていた。それに、遠くからこちらの様子をうかがっている高官や、貴族たち。この国はずいぶんと元王太子妃に後ろめたい思いがあるようだ。

「やはり、私は来ないほうがよかったかしら？」

そう小声で聞くラチェリアに「呼んだのは陛下だ。気にする必要はない」とオリヴァーが笑った。

事実、パートナーを必要とする式典にオリヴァーを呼んだ時点で、ラチェリアを呼んでいるのと同じ。こちらが気にする必要はない。それでも、侍従の青褪めた顔や、こちらの様子をうかがっている人たちを見ると申し訳ない気持ちになってしまう。

（来てほしくないのに招待するなんて変な話だわ）

いったいなんのために私はここにいるのかしら？　と思わず小さく笑ってしまった。

式典には、外国から多くの賓客が招待されていて、ガゼル王国が他国との国交を精力的に行っていることがよくわかる。

（帝国ともこれを機に、いい関係を築いていけるといいのだけど）

賓客が全員着席をしてしばらくすると、新国王と新王妃の入場の合図と共に、ドアが大きく開いた。そこに立つのはブラッドフォードとアラモアナ。

ブラッドフォードは白を基調としたビロードの基布に、金糸とスパンコールで刺繍が施された美しいコートをまとい、アラモアナも白を基調としたベルラインに、ブラッドフォードとそろいの刺繍が施されたドレスを着ている。二人が肩からかけた長いマントに施された刺繍は、金糸と銀糸《ぎんし》、そして宝石を散りばめた華やかなものだ。

そんなブラッドフォードの姿を見たラチェリアは、不思議な感情に包まれた。

（ようやくこのときを迎えたのね）

思いだされるのは、何もつらいことばかりではない。ブラッドフォードの幼少期は悲惨だったし、ラチェリアと夫婦として過ごした四年間は、思いだしたくもないものかもしれない。それでも、彼にはそれだけではない幸せな時間があったはずだ。もちろんラチェリアにも。

残念ながら、自分たちは別々の道を進むことになってしまったが、それでもラチェリアが、ブラッドフォードの幸せを願っていることは、今も変わらない。

賓客たちが見つめる中、その中央の道を進むブラッドフォードとアラモアナ。

アラモアナは美しい笑みを浮かべ、ブラッドフォードは、わずかに眉間にシワを寄せた厳しい表情。

（こんな日くらいもう少し優しい顔をしてもいいのに）

そんなことを考えながらブラッドフォードを見つめていると、ふとブラッドフォードがこちらを見た、ような気がした。

（まさかね。こんなに多くの賓客の中で私のことなんて）

「君に気がついたみたいだな」

「え？」

オリヴァーがラチェリアの耳元に顔を寄せた。

その様子を見たブラッドフォードが顔をゆがめたような気がしたが、あっという間に横を通りすぎてしまい、その背中からは何もわからなかった。

厳粛に行われた式典の次は食事会。

白いテーブルクロスがかけられ、ずれることもなく並んだテーブルに居ならぶ賓客たち。ラチェリアの隣に座るのは、キルディア公国のマリア大公夫人。ガゼル王国の王太子妃であったときから親交のある間柄で、離縁について複雑そうな顔をしていたが、結婚をして今は幸せに暮らしている、とラチェリアが言うと、とても喜んでくれた。

「いつか、我が公国にもいらしていただきたいわ」

「ぜひ、伺わせてくださいませ」

マリアはもともと農業について研究していた研究者で、ラチェリアに興味深い話をたくさん教えてくれる先生のような存在でもあった。紫色のガーベラの種をラチェリアに贈ったのも彼女だ。

いつだったか、「ラチェリア様は聞き上手だから、つい話しすぎてしまうのよ」とマリアが笑っていたことを思いだす。

食事会も終わり、今日の予定はすべて終了した。明日はパーティーがあるのだが。

「リア、やはり明日は辞退《じたい》させていただこう」

用意された個室で馬車を待つあいだ、少し顔色の悪いラチェリアを心配したオリヴァーが説得中。

確かに無理をしている気がする。腹が張っているのか、なにやら違和感があるのはきっといい状態ではない。

「無理はだめだ」

「でも」

国の代表として招待された催しを辞退するなど、簡単に決められることではない。

「もしものことがあったらどうするんだ？　私には、リアとお腹の子どものほうが大切だ」

オリヴァーの言っていることはもっともだ。ラチェリアにとっても大切なのは子ども。

「そうですね。では、今から陛下にごあいさつをすることは可能でしょうか？」

「……明日、私が伝えておくから、今日はしなくてもいいのではないか？」

「オリヴァー様」

ラチェリアに見つめられると、強いことを言えない。

「……わかった。確認をしてみる」

オリヴァーが小さく溜息をついて立ちあがった。

「絶対にここから動かないように」

「まぁ、オリヴァー様。私は小さな子どもではありませんよ」

そう言ってラチェリアが笑う。オリヴァーはそっとラチェリアの頬に触れて、部屋を出ていった。

今、部屋にはラチェリアと給仕を任された侍女の二人だけとなった。すると、その侍女がおずおずと話しかけてきた。

「ラチェリア様」

「え？」

「立場を弁えず申し訳ありません」

ラチェリアは目の前に立つ侍女を見あげた。

「あら？　あなたは……ジュリ？」

「は、はい！　覚えていてくださいましたか？」

ラチェリアに名前を呼ばれた侍女のジュリは、うれしそうに顔を輝かせた。ラチェリアが王太子妃だったとき、給仕係をしていた使用人だ。

「私から話しかけるなんて、とんでもないことだとはわかっていたのですが、どうしてもごあいさつがしたくて」

見ればジュリの握りしめた手がわずかに震えている。緊張をしているのか、とがめられることを心配しているのか。

「私のことを覚えていてくれてうれしいわ。元気にしているの？」

「はい」

ジュリは男爵家の長女で、宮殿勤めの侍女の中でも下の立場。それでも、こうして賓客の控室を任されているのだから、今日まで一生懸命頑張ってきたのだろう。

「ラチェリア様が宮殿を去られてから、使用人が何人も辞めていきました。辞めさせられた人もいます。それで、運よく大きな仕事を任されるようになっただけなんです」

「そう」

ラチェリアが出ていったあとが大変だったことは想像に容易《たやす》い。突然の離婚と結婚で、宮殿内は落ちつかなかったであろう。嫌になって辞めてしまう者がいたとしても、不思議ではない。

「でも、そろそろ私も辞めさせていただこうと思っています」

「まぁ、何か事情があるの？」

ジュリは少し頼りなげな笑顔を見せた。

「私の家は貧乏な男爵家で、私、王都に憧れて家を飛びだしてきたんです。でも、三年宮殿で働いてみて、私には田舎ののんびりした雰囲気が合っているなぁって」

「そう……」

「ですから、こうしてラチェリア様にお会いすることができて、本当によかったです。家族にも自慢できます。帝国の公爵夫人とお話をすることができたって」

「あら、私と話をするだけで自慢になるの？」

「なります！　私の家の周りは畑ばかりで、屋敷も本当に小さくて、貴族といっても名ばかりで、平民となんら変わりありません。ですから、私の弟や妹は本物の貴族を見たことがないんです」

「フフフ、ジュリったら、面白い子ね」

「そ、そうですか？」

「ええ。この宮殿にいるときに、あなたともっとお話ができていたら、私はきっと楽しく過ごせていたわね」

「ラチェリア様……」

ラチェリアが、この宮殿でどのような立場にあったかなんて、誰もが知っていること。だから、ジュリと話をする関係になったとしても、ラチェリアが楽しく過ごせていた、なんてことはないこととくらいジュリにもわかる。それでも、ラチェリアの言葉は素直にうれしいと思った。

するとドアをノックする音が聞こえた。

（オリヴァー様かしら？）

「お待ちください」

ジュリが慌ててドアを少し開けると、ぐっと強引にドアを押して入ってきたのは五人の令嬢たち。

「お待ちください」と慌てて制するジュリを押しのけ、ラチェリアの前までつかつかとやってきた。

「どちら様かしら？」

見覚えはあるが、ラチェリアと直接言葉を交わしたこともない下位の令嬢たちだ。

「ボトリング公爵夫人。アラモアナ様がお呼びです。一緒にいらしてください」

その物言いは不遜で、とても賓客に対するものではない。

「申し訳ないけど、それはできませんわ」

「は？」

一番に部屋に押しいってきた令嬢が顔をゆがめた。

「夫人。アラモアナ様がお呼びだと言ったはずですが」

「はい、それは理解しています。しかし私は体調が悪く、一人で歩くこともできないのです。ですから、アラモアナ様にはごあいさつに伺えず申し訳ありません、とお伝えください」

「は？」

ラチェリアの言葉に令嬢たちは耳を疑った。令嬢たちの言葉はつまり、王妃アラモアナの言葉なのだ。

「なんて不敬な……」

「私は体調が悪いと言ったはずです。それとも、体調の悪い賓客を無理やり連れだすのが、ガゼル王国のやり方だったかしら？」

「なんですって？」

令嬢たちはラチェリアを睨みつけた。

「いい気にならないでください。あなたは公爵夫人。アラモアナ様はこの国の国母。立場が違うのですよ。その国母様が呼んでいるのですから、這ってでも行くのが筋でしょ」

先頭の令嬢が息巻いているが、そもそも立場がどうだなどと言えるはずがないことに、気がついてはいないのだろうか？

「あなた方も勘違いをしないでいただきたいわ。私はガゼル王国の人間ではありません。ユヴァレスカ帝国の公爵オリヴァー・セド・ボトリングの妻ラチェリア・ボトリングです。この国には、国王陛下の招待に応じて来ています。それをあなた方は、国賓である私に、体調が悪かろうが這ってでもアラモアナ様に会いにいけと？　事前の約束もなく？　筋違いもいいところです。あなた方は帝国と王国のあいだに、亀裂でも生じさせたいのかしら？」

「な、何も、そんなことは……」

「あなた方のやっていることはそういうことよ」

「なんですって！」

「あなた方の吐く暴言が、この国にどれだけ不利益を与えるのかも理解せずに、王妃の命だからといって、他国の賓客に対して無礼極まりない態度。まったく理解をしていない国と国の力関係。いったい、あなた方は今まで何を学んできたのでしょう？　それが、この国の淑女たるものの姿だと言うなら、この国の常識が疑われるわ」

「……」

「わかったらあなた方はこのまま部屋を出て、アラモアナ様に私が言ったことを伝えなさい。そして王妃だからといってなんでも許されるわけではない、と理解していただきなさい。上の者を諫《いさ》めるのも下の者の務めです」

「何を勝手な……」

ラチェリアと対峙している令嬢たちは、その態度を崩してはいないが、先ほどの勢いはない。

「あなた方にそれができないのであれば、私が陛下に直接抗議しましょうか？　ちょうど、これからごあいさつをさせていただく予定ですし。それとも私の父に言おうかしら？　最後にひと仕事くらいしてくれると思うわ。私の夫に言ってもいいのよ？　それとも皇帝陛下にご報告しようかしら？　皇帝陛下にはなんでも相談するようにと言われているの」

ラチェリアを睨みつける令嬢と、少し青い顔をして令嬢たちを見つめるラチェリア。そのあいだに入っていったのはジュリ。

「い、いいかげんにしてください！　ラチェリア様は本当に体調が悪いのです。もし、このことが国王陛下のお耳にでも入れば、皆さんもただでは済みませんよ！　よろしいのですか？」

「……」

ジュリの言葉にますます勢いを失った令嬢たちは、苦々しげな顔をして、フンと鼻を鳴らすと踵を返した。そして、部屋を出ていこうとドアを開けたその先にいたのはオリヴァー。ギョッとして見あげた令嬢たちを見おろすオリヴァーの目は冷たく鋭い。

「あ、あの……！」

令嬢たちの顔が一気に青褪めていった。

「なるほど。これがガゼル王国の、賓客に対する態度か」

「い、いえ、私たちは決して……」

「今日が祝いの日であることを感謝するんだな。次は見のがさない」

「ひっ！」

令嬢たちがびくっと肩を震わせた。

「我が妻への冒瀆は私への冒瀆、ひいてはユヴァレスカ帝国への冒瀆と理解せよ」

「は、はい」

青い顔をした令嬢たちは、早足でその場をあとにした。

「リア」

オリヴァーはラチェリアに駆けよった。ラチェリアは体調をますます悪化させたようだ。

「すまない、一人にするべきではなかった」

「いいえ、これくらいなんてことはありません。それに、ジュリがいてくれましたから」

そう言ってジュリを見て、ラチェリアは「ね？」と微笑んだ。

「そうか」

オリヴァーはジュリのほうを向くと頭を下げた。

「妻を助けてくれたことに感謝します」

「お、おやめください。私は何もしていません」

「いいえ、あなたがそばにいてくれたことで、妻は勇気をもらったでしょう」

「ええ、そうよ。ジュリが庇《かば》ってくれて私はうれしかったわ」

「ラチェリア様……」

ラチェリアはジュリの手を取って「ありがとう」と微笑んだ。ジュリは感激したように「とんでもないことでございます」と首を振って、それからドアの前の自分が立つべき場所に戻った。

「リア、陛下が少ししたらこちらにいらっしゃるそうだ」

「え？　こちらへ？」

「ああ。体調が悪いから明日は辞退すると伝えたら、あいさつをしたいと」

「なんてこと。陛下自ら足を運ばれるなんて」

「いいじゃないか。陛下はそうまでしてでも君に会いたいんだよ」

「それはどういう意味……？」

ブラッドフォードは自分には二度と会いたくはないだろう、と思っていた。一方的に離婚をして、幼いころからの約束も破ってしまったのだから。それなのに、直接ではないにしても、こうして招待されたのだ。

「ん？」

「私には、それを受けとめる責任があるわ」

(そうね、嫌味のひとつでも言いたいわよね)

何か見当違いなことを言っている気がしたが、ラチェリアがとても真剣な顔をして納得をしていたので、オリヴァーは何も言わなかった。

少しするとドアをノックする音がして、ブラッドフォードが入ってきた。ラチェリアとオリヴァーが立ちあがる。

「陛下、わざわざお越しくださいまして」

「いや、かしこまらないでほしい」

そう言ってブラッドフォードがオリヴァーを見た。

「公爵、夫人と二人きりで話をしてもいいだろうか？」

「……リア？」

オリヴァーがラチェリアに聞いた。

「ええ、私は大丈夫です」

「妻がいいのなら私は構いません。しかし、変な噂が立つと困りますので、ドアは少し開けさせていただきますよ。それと、体調が悪いので手短にお願いします」

「もちろんです」

ブラッドフォードはうなずいた。

「では、私は廊下で待ちましょう」

そう言って、オリヴァーとジュリは部屋を出ていった。

「……」

二人が出ていくのを確認してから、ブラッドフォードはラチェリアを見た。

「体調が悪いと聞きました。無理をせずに座ってください」

そう言うとブラッドフォードはソファーに座り、ラチェリアもそれに倣《なら》う。

「……元気だったか？」

そう言ったブラッドフォードは、幼いころの優しい顔だった。ラチェリアは少し目を見はり、言葉に詰まりそうになるところを、どうにか音にした。

「……はい、お陰様で」

胸が苦しい。ブラッドフォードのその顔は、あのころ、ラチェリアが求めていたそれだ。それなのに、その優しい顔からは幸せが感じられない。どこか寂し気で、なぜか苦しそうで。

「陛下」

「もう、ブラッドとは呼んでくれないのだな」

「もう……陛下の妻ではありません」

「友人でもないのか？」

ラチェリアは少し驚いたようにブラッドフォードを見た。

「……友人でいさせてくださるのですか？」

「君が許してくれるなら、これからも友人でいてほしい」

「本当に？」

「私は君が友人でいてくれるとうれしいし、変わらずブラッドと呼んでほしいと思っているよ」

「では、私のこともラチェと」

「……リア、ではなく？」

少し眉尻を下げたブラッドフォード。ラチェリアは静かに首を振った。

「リアは、私の家族が付けてくれた特別な愛称ですので」

「そうか」

当たり前か。

「ラチェも、ブラッドとの思い出が詰まった特別な名前です」

「嫌な思い出ばかりだろう？」

後悔を多分に含んだ顔をしたブラッドフォード。ラチェリアは小さく首を振った。

「いいえ、何も嫌な思い出ばかりではありません。素敵な思い出もたくさんありました」

「……」

憎いと罵ってくれれば、恨み言のひとつでも言ってくれれば、悪かったと手を床に突いて謝ることができるのに、どんなときでもラチェリアは優しい。その優しさに逃げていたころは、すべてを自分の都合のいいように解釈をしていたが、今はその優しさがとても残酷であることを知っている。謝ることをさせず、罪悪感を手放すことを許さない。ずっとその苦しみを抱えていろと言っているようだ。

「今だからわかることがあるのです。ブラッドは私を大切にしてくれていたと」

「……」

伝わらない思いなどなんの意味もないな、とブラッドフォードの心の中に、乾いた笑いがこぼれた。

もっとはっきりと伝えることができていれば、今の二人のような関係にはならなかったかもしれないのに。諦めたはずだったが、やはり後悔は尽きることがない。

「いまさらだが、君に謝りたかった」

「……」

「私は、君を幸せにすることも、責任を果たすこともしなかった。君を苦しめ、かなしませた。ラチェに見すてられても仕方ないことをした。後悔をした。本当に後悔ばかりした」

「ブラッド……」

そのまっすぐラチェリアを見つめる瞳には、複雑な心境がありありとうかがえた。

「最初から酷い夫だったから、なかなか態度を改めることができなくて、それでもいつか昔のような関係になりたいと思っていたんだ。でも、全然素直になることができなくて、君にそっけない態度しか取れなくて」

「……」

「時間はいくらでもあるから、ゆっくり関係を変えていこうと思っていた。でも、そうじゃなかったんだよな。自分が悪いことはわかっていたんだから、すぐに謝るべきだったんだ。それもしないで、君の優しさに甘えて……最後は、君が私に愛想を尽かしてしまった」

「そう、でしたか」

「いまさらだが、本当にすまないことをした。許してほしいなんて思っていない。私が楽になりたいだけの卑怯者だと思ってくれていい。どうしても君に謝りたくて、本当に、いまさらだが」

「……本当に、いまさら」

ラチェリアが呟くように発した言葉に、ブラッドフォードは顔を青くしてうつむいた。

「忘れてしまいました。いまさらそんなことを言われても、いつのなんのことをおっしゃっているのか」

「ラチェ」

「私たちは、誰よりも長く友人関係にあるのですよ？　その中で、仲違いくらいするのは当然です」

「……」

「謝罪は受けいれます。でも、これっきりです。ブラッドが過去のことで私に謝るのは」

「ラチェ……」

ラチェリアの優しい笑顔は、ずっとブラッドフォードに向けられつづけてきたものだ。この笑顔を手放した代償はとても大きくて、後悔はさらに大きくなった。

(これ以上一緒にいれば、ラチェを抱きしめたくなってしまう)

「ありがとう。……長く引きとめてすまなかった。公爵も心配するだろう」

「そうですね」

オリヴァーはあれでかなりの心配症だ。

「公爵は、君をとても大切にしているようだね」

「ええ」

そう言って頬を少し赤く染めたラチェリアからは、幸せが滲みでていた。

「……君が幸せでいてくれて本当にうれしいよ」

「ブラッド……ありがとう」

ブラッドフォードが立ちあがった。

「帰りの馬車の準備もすでに整っている。帰ってゆっくり休んでくれ」

そう言ってブラッドフォードは手を差しだした。ラチェリアはその手を取ってゆっくりと立ちあがる。

「陛下、ありがとうございます」

「いや、無理を言って悪かった。……また、会おう」

「……はい、いつか」

「……」

虚無感を抱えたまま、ラチェリアをエスコートしてドアの前へ。このドアを開けたらラチェリアはこの手を離し、本来横に立つべき相手のもとへと行ってしまう。そして、その道を選んだのはラチェリアだ。

ブラッドフォードはぐっと奥歯を噛んでドアを開けた。

そこには壁に寄りかかってラチェリアを待つオリヴァー。

ラチェリアはブラッドフォードに礼をして、オリヴァーのもとへ向かった。オリヴァーの横に立ったラチェリアは輝かんばかりの笑顔だ。

「……公爵、ありがとうございます」

ブラッドフォードがオリヴァーに礼を言うと、オリヴァーは美しい笑顔を向けて「いいえ」と言った。その完璧に作りあげられた笑顔の裏に隠された、鋭利な刃物のような怒りを感じとれないブラッドフォードではない。愛する妻を傷つけた前夫だ。胸倉をつかんで殴りつけたい気持ちだろう。

「我々はここで失礼します」

オリヴァーがそう言うと、ブラッドフォードは「ああ」とうなずいた。ラチェリアは完璧なカーテシーをし、オリヴァーは頭を下げてから踵を返して、馬車の乗降車口に向かう。腕をラチェリアの腰に回し、支えるようにして歩くその姿は、ブラッドフォードへの牽制か。

「ああ、そうそう」

オリヴァーは思いだしたかのように足を止めて振りかえった。

「王妃殿下が、体調の悪い妻を呼びつけてくださいましたよ」

「は？」

「王妃殿下に伝えておいてください。国の顔となる王妃が礼節を軽んじるのは、いかがなものかと」

「……」

「だから、その取り巻きたちもつけ上がる」

「……」

ブラッドフォードはぐっと握った拳に力を入れた。

「不快な思いをさせてしまい申し訳ありません。二度とそのようなことがないようにいたします」

「……そうしてください」

オリヴァーが歩きだすと、腰に手を添えられたラチェリアも歩きだした。

二人の後ろ姿を見おくるブラッドフォードがどんな顔をしているのか、ラチェリアには想像もできないが、振りかえってはいけない、そう思った。そして、その心に従って、一度も振りかえることなく馬車に乗りこんだ。


二人を見おくったブラッドフォードは、溜息をついてから踵を返して執務室に向かった。

「パラタイン侯爵？」

執務室の前に立っていたのは前宰相ウィリアム。宰相の職を辞したウィリアムのことだから、大喜びで早々に帰宅すると思っていたのだが。

「お疲れですか？」

ブラッドフォードを気遣うように言葉を発しながらも、感情のひとつも読みとらせないウィリアムの顔と声は、こんな日でも変わらない。

「まぁな……入りたまえ」

ブラッドフォードはウィリアムを執務室に招きいれ、お茶を用意するようにとルイスに指示をしたが、ウィリアムはそれを断った。

「侯爵。もう、宮殿には来ないのか？」

「ええ。私の仕事は昨日までです」

「だからといって、明日のパーティーにも顔を出してくれないなんて、酷いじゃないか」

そう言って笑うブラッドフォード。

「パラタイン侯爵家の当主の座は、すでにダイアンに引きつがれています。明日のパーティーにはダイアンが出席するので問題はないでしょう」

つまり、ウィリアムはすでにパラタイン侯爵でもないのだ。

「冷たい人だ」

ブラッドフォードはすでに引きとめることを諦めた。どんなに説得をしても首を縦に振ることのなかった優秀な前宰相は、まったく未練もなくその職を辞する。未練どころかとてもうれしそうに。

「私の性格はご存じでしょう。私が宰相なんて職に就きたくなかったことも」

「ええ、知っています」

「でも、最後に土産くらいは置いていきますよ」

「なんですか？」

「あなたにとってさらに茨の道となるものです」

「……」

ウィリアムから差しだされた数枚の紙。それを受けとったブラッドフォードは、サッと目を通しながら、徐々に顔を険しくしていった。

「……そうか」

「おや、驚かないのですね？」

「いろいろ思うところはあった。信じたくはなかったが。……このことを知っているのは？」

「ボトリング公爵閣下です」

「なぜ、彼が？」

不快に顔をゆがめるブラッドフォードの気持ちはわかるが。

「彼はラチェリアを守るために、必要な情報を得ようとしたそうです」

「……それは、そうか」

オリヴァーが調べても、誰もが知っていることしか得られる情報はなかったが、アラモアナの失《しっ》踪《そう》がとても気になったようで、念入りに調べていたところ、興味深い情報を手に入れた。

「公爵閣下が得た情報もすべて記してあります」

「……そうか」

「では、私はこれで失礼しますよ」

「……本当に土産だけ置いていってしまうのだな」

ブラッドフォードから、乾いた笑いがこぼれた。

「孫が遊んでくれと、すねるのでね」

「ああ。ボトリング公爵と前妻とのあいだにできた子か」

「ええ。それにもう一人増える予定なので、赤ん坊との遊びでも覚えようかと」

「……それは……」

ブラッドフォードが目を見ひらいた。

「ラチェリアは妊娠中なのですよ」

「ま、さか……」

言葉を詰まらせたブラッドフォードは、少し顔を青くした。

これまで不妊である、と認識していたラチェリアが、妊娠をしたという。ブラッドフォードの頭の中をいろいろな考えや感情が駆けめぐった。

「本当に、あなたという人は……」

額に両手を当て、背凭れに背を預けたブラッドフォード。最後にとんでもない爆弾が投下された。

「……」

これから待ちうける苦難は、これまでとは比べものにならないほど、重くつらい結果となるはずだ。

「知らなければそれでもよかったでしょうがね。私は、娘の苦しみをそのままで終わらせるほど、大人ではないのですよ」

「いや、感謝する。私は、ただの間抜けな卑怯者で終わるところだった」

「公爵閣下が」

「……」

「必要なら手を貸すと」

「……気持ちだけ、ありがたくいただいておくと」

「承りました。では」

そう言ってウィリアムは執務室を出ていった。

ブラッドフォードは、ソファーから立ちあがることもできないまま瞼を閉じた。

絶望なのか虚無なのかわからない感情が体を支配し、堕《お》ちれば這いあがることのできない、底なしの闇の淵を歩いている気分だ。

今まで違和感がありながらも目を逸らしてきた数々のことが、確信へと変わっていく。本当は知りたくなかった。だから知ろうとしなかった。だが、それもここまでだ。

ブラッドフォードは大きく呼吸をしてそれから背凭れから背を離した。

「ルイス！」

「はい」

部屋の外で控えていたルイスが部屋に入ってくると、ブラッドフォードはその瞳を見つめた。

「ルイス、君は私に忠誠を誓ったな？」

「はい」

「私を裏切れば……」

「陛下。私は命を懸《か》けてあなたに忠誠を誓いました。もし裏切ることがあれば、私と愛する家族の命を差しだしても構いません」

妻と三人の子どもがいるルイスは、その命を懸ける覚悟をしているという。

「……ありがとう」

ブラッドフォードは、先ほどウィリアムから渡された紙をルイスに渡した。それに目を通すルイスの顔がゆがむ。

第五王子アルフレッドとアラモアナの関係。ジェレミアとアラモアナ、そしてラズヒンス侯爵との関係。アルフレッドが飲んだとされる毒と、三人分の強力な睡眠薬。アラモアナたちの失踪と同じころに姿を消した、アラモアナの専属医マルコ。そのほかにもいろいろ。

手に持つ紙はとても軽いが、その内容はとてつもなく重い。

「信じられません」

「そうか。私はずっと得体の知れない違和感があった。……だが、知ることが怖かった」

前国王の仕事が滞るようになり、ブラッドフォードがその半分以上を引きうけたことで、毎日仕事に忙殺され、違和感の理由を探る余裕もなかった。それに、知ってしまえば取りかえしのつかないことになるかもしれない、と感覚的に理解していた。

「……陛下」

「パラタイン前侯爵は、これを調べるために宰相として残ったのだろうな。でなければ、あの人のことだ。さっさと職を辞していただろう」

「……」

ルイスのその顔を見て、思わず吹きだしてしまったブラッドフォード。

「そんな哀れな者を見るような顔をしてくれるな。これからもっと大変なことになる」

「……はい」

ウィリアムが調べたことは、手がかりにすぎない。その手がかりをどう扱うかはブラッドフォード次第。

「ジェレミア夫人に会いたい。日程を調整してくれ」

「はい」

前王妃ジェレミアは、数日後に前国王と共に、東にある離宮に居を移すことになっている。その前に話をしたい。

「会話ができればいいがな」

「たとえ会話ができたとして、真実を話してくださるでしょうか？」

「べつに話をしてくれなくてもいい。話を聞いて彼女がどんな反応をするのか見てみたい」

「なるほど」

ルイスは納得したようにうなずいた。

「それから、ブランドン医師を呼んでくれ」

「ブランドン医師ですか？」

「ああ、そうだ」

「しかし、彼はすでに引退をして領地に引っこんでいるはずですが」

「だからだ」

元宮廷医師のブランドン。ずいぶん前に医師を引退して、今は息子の治める領地に小さな屋敷を建てて、のんびりと隠居生活を送っている。

「かなりの高齢だが、まだぴんぴんしているだろう？」

「そのようですが」

「内密に連れてきてくれ」

「……かしこまりました」

ルイスが執務室を出ていき、一人きりになると体の力が抜けて、地面に吸いこまれているのではと思うほどブラッドフォードの体が重くなった。

己ほど業の深い人間には、救いの手などありはしないのだな、と面白くもないのに笑いがこぼれた。

ラチェリアはとても美しかった。もともと美しかったが、今まで見たことがないほど美しく幸せそうだった。

ずっと自分の手の中にいたのに。大切にしていれば失うことはなかったのに。

「だが、彼女は幸せになってくれた。それだけが唯一の救いだ」

（私は一生をかけて、ラチェを傷つけ手放した代償を払っていこう）


ブラッドフォードがルイスに指示をしてから二週間後、元宮廷医師のブランドンがフードを目深《まぶか》に被って、ブラッドフォードの執務室に入ってきた。フードをとったブランドンは不機嫌な顔を隠さない。

「わしはもう引退をした身ですぞ。老い先短い爺を、変なことに巻きこまんでくだされ」

国王だろうが関係ない。ブランドンはそんな物言いをする男だ。

「老い先短いあなただからお呼びした」

「……ほう」

「秘密を墓場まで持っていってくれませんか？」

「……どうかのぉ。その秘密は、面白いことか？」

墓場まで持っていく秘密に、面白いことなんてあるはずがない。しかし。

「あなたには面白いことかもしれませんね」

ブラッドフォードは賢い男だと認識している。だからか、その言葉にブランドンは少しだけ興味が湧いた。

「いいじゃろう。で、何を診るんだ？」

「私に、子種があるのか調べてほしい」

ブラッドフォードはなんでもないことのようにさらっと口にした。

「……こりゃ、とんでもないことを言いだしたな」

ブランドンは思いもよらない話に目を見ひらく。

「面白いでしょ？」

「……ああ、確かに。それは、墓場まで持っていかんといけんなぁ」

ブラッドフォードとブランドンの会話を聞いていたルイスの顔が、みるみるうちに青くなる。

「どれくらいで結果がわかりますか？」

「道具をそろえるのが先じゃ。検査をするのはそれからだな」

「わかりました。できる限り早く準備をしてください」

「うむ」

ブランドンはブラッドフォードを見つめた。

「それで、もし最悪の場合はどうするのじゃ」

「……」

決まっている。罪を許すことはない。

「お前さんも苦しい選択をすることになりそうじゃな」

「ハハハ、まだまだ足りませんよ。私の罪はこの程度では償いきれません」

「ラチェリア様のことか」

「……」

すべてをラチェリアのせいにして、もしかしたら自分に原因があるのかも、とは考えたことがなかった。しかし、今はその可能性のほうがよほど高い。それに、そうならいろいろと辻褄が合う。

「……いまさらですけどね」

ブラッドフォードは少し笑った。

それを見たブランドンは大きな溜息をついて、「明日また来る」と言って執務室を出ていった。

感情が枯れるというのはこういうことなのか。かなしいとも悔しいとも思わない。ただ、淡々と自分のやるべきことをやって、それを受けいれて。

「陛下」

ソファーに深く腰を下ろし、背凭れに背を預けて目を閉じているブラッドフォードに、ルイスが声をかけた。

「少し休まれたほうが」

ブラッドフォードは、ここしばらくほとんど睡眠をとっていない。

「……いや」

目を開けて立ちあがったブラッドフォードは、机の上の書類を眺めた。

「やらなければならないことがあるからな」

「しかし、無理をしてお体に障っては」

「じっとしていると、何もしないでいると、これは現実なのだと思いしらされるときがある。さっきまで何も感じなかったのに、突然どうにもならない願望や後悔が絶え間なくやってきて、みっともないくらい泣きたくなるんだよ」

「……」

「でもな、泣くわけにはいかないだろ？」

「……目が覚めるように、濃いお茶を淹れましょう」

「ああ、そうしてくれ」

式典から二か月後。ラチェリアたちはユヴァレスカ帝国にいた。ラチェリアの体調が安定したのを見はからってガゼル王国を発《た》ち、予定していた外国への旅行をすべて取りやめて帰国したのだ。ウィリアムも一緒に。

レオナルドはウィリアムが大好きで、ウィリアムも賢いレオナルドに感心し、ついにはウィリアムがレオナルドの教育係を引きうける話にまでなった。モルガン領に小さな屋敷を買ってそこに住みはじめたウィリアムは、毎日レオナルドの教育係としてボトリング公爵邸にやってくる。

「ありがたい話ですけど、いいのかしら？」

ウィリアムが宰相の職を辞したとき、しばらくは何もしたくない、と言っていたはずだが。

「いいんじゃないか？　二人共とても楽しそうだし」

オリヴァーは、うれしそうにウィリアムと話をしているレオナルドを思いだして言った。もちろん、ラチェリアの体調を案じてのことでもあるとは思うが。

「それに、私がリアを独占できるしな」

そう言ってオリヴァーは笑う。

「私もオリヴァー様を独占できますね」

なんて少し頬を染めてラチェリアに言われると、オリヴァーはその細い体を抱きしめずにはいられない。

（かわいすぎるな、私の妻は）

ラチェリアをどれだけ抱きしめても、どれだけくちづけをしても愛おしさがこみ上げてくる。

私は病気かもしれない、と言ったら、アーノルドに溜息交じりに軽く返事をされた。「ポンコツの純愛はかなり重いみたいですね」と、訳のわからないことを言っていたが、それについての説明はしてくれなかった。

第六章　断罪

「ブラッド！」

真っ赤な顔をして、荒々しく執務室のドアを開けて入ってきたアラモアナ。

ブラッドフォードはチラッとアラモアナを見て、それから手元の書類に目を遣った。その態度が気に入らなかったのか、肩を震わせながら机を挟んでブラッドフォードの前に立つアラモアナ。その目は吊りあがり、こめかみには血管が浮きでている。

ブラッドフォードが真実を知ろうとしてから半年。予定より時間がかかったが、調べられることはすべて調べた。

「いったいどういうこと？」

「なんのことだ？」

「とぼけないで！　なぜお父さまが拘束されたのよ！」

「ああ」

そのことか、とまるで今理解したかのように返事をしたブラッドフォードは、ソファーまで行ってアラモアナに座るよう促した。

アラモアナは、怒りの表情を隠すこともなく、ブラッドフォードを睨みつけているが、当のブラッドフォードは、アラモアナの怒りなど気にもならないのか、淡々とした表情で、手にした書類をアラモアナの前に置いた。

「なに？」

目の前に置かれた書類を乱暴に取りあげたアラモアナだったが、読みすすめていくうちにその顔が困惑へと変わっていった。

「ラズヒンス侯爵が支援している孤児院で、人身売買が行われていることがわかった」

「……うそよ」

「すでに、何人かの子どもは追跡をして保護している」

「……ありえないわ」

侯爵の慈善事業のひとつとして、かなりの金額を孤児院の支援に充てていることになっているが、実際はその半分も孤児院には使われず、そのまま侯爵の隠し財産になっていた。

侯爵が孤児院の支援を始めたのは二年ほど前から。孤児院にいる子どもの人数に対して、侯爵が支援していた金額はかなり多い。帳簿を見れば、人数に対して過剰な食費や雑費、建物の修繕費など、実際よりかなり多く計上されていることがすぐわかる。しかし、それほど多くの資金を援助しているにもかかわらず、子どもたちは皆、薄汚れていて、みすぼらしかった。それに、孤児院の外観は改修されていてそれなりにきれいだが、建物の中はぼろぼろのままだった。

「うそを言わないで！　お父さまがそんなことをするはずがないじゃない」

「君は、侯爵が支援している孤児院に行ったことがあるか？」

「……ないわ」

「そうか」

王都にある孤児院への慰問は数回行ったが、時間が取れないと理由をつけて、慈善事業のほとんどを取りやめにしたのだ。

「一度は行っておいたほうが良かったと思うぞ。父親が支援をしている孤児院に、王妃が慰問すれば、いいアピールになったはずだからな」

そういえば以前父からそんなことを言われたが、そのうち行く、と言って先延ばしにしていた。

「……私は、忙しかったのよ」

「そうか。それなら仕方がないな」

ブラッドフォードの得た情報では、侯爵が支援をするようになってから、すぐに里親が見つかるようになったという。しかも、小さい子どもより、年長の男の子や女の子が多く里親に出されているということだった。

評判は上々で、特に問題はなさそうだったが、里親に出された子どもを追いかけたら、里親のもとに子どもがいなかったり、里親が実在していなかったりと問題しかなかった。では子どもはどこに行ったのか？　と探したところ、何人かの子どもは、外国行きの船に乗ったことがわかった。

「証拠はそろっている。口を割るのも時間の問題だ。まぁほかにも余罪はあるから、あとで書類を確認してくれ」

「……うそ」

「ああ、それから」

ブラッドフォードがルイスに手を差しだすと、その手に新たな書類が渡された。

「これを君に見てもらおうと思って」

顔を青くしたアラモアナの前に置かれた書類。アラモアナは震える手でその書類を取った。

「これは……？」

「私の診断書だ」

「……え？　……うそ」

アラモアナの顔から血の気が引き、手はさらに震え、吊りあがっていた目も勢いを失った。

「私には子種がない」

「……そんなことありえないわ。だって……」

ブラッドフォードは前のめりの姿勢で肘を両膝に乗せ、青い顔をして瞳を揺らすアラモアナを見つめた。アラモアナは耐えきれずにプイッと目を逸らす。

「血生臭いことばかり起きて不安だ、と言って、私の部屋に君が会いにきた日のことを覚えているか？」

「……もちろんよ。だって私たち、そのとき初めて結ばれたんだもの」

婚約もしていない二人が体を重ねることで生まれる自責や後悔より、若さゆえの情熱が勝った夜。越えてはいけない一線を越えたあの日のことは、劣情なんて品のない言葉で語ることはできないほど、ブラッドフォードには尊いものだった。

しかし、そのときブラッドフォードは十七歳。王太子教育が始まるのが遅かったことと、婚約者が決まっていなかったことを理由に、当時はまだ房事《ぼうじ》教育を受けていなかった。同年代の男の友人もいなかったブラッドフォードには、年相応の知識もなかったのだ。

しかし、アラモアナはつたないブラッドフォードを受けいれ、素晴らしい一夜を過ごした。それ以外に何も考えられなくなるほど、ブラッドフォードは夢中だった。

だから気がつかなかったのだ。アラモアナも初めてのはずなのに、恥ずかしがることも、戸惑うこともなかったことに。それどころか、ブラッドフォードを上手に導いていたことに。

「私は何もわかっていなかったんだ」

乙女の体にとって初めての性交は、大きな負担と痛みが伴うということを。快楽とは程遠い行為であるということを。

しかし、アラモアナは痛がることもなく、それどころか何度も達していた。

「破瓜の印のことも知らなかった」

「べつに、誰でも破瓜があるわけじゃないわ」

「そうだね」

確かに誰でも傷を作るわけではないが、それにはしっかりと受けいれる準備が必要だ。だが、当時のブラッドフォードにそれができたか、といえばそんなことはなく。

そして、真っ白なシーツには生々しい情事《じょうじ》のあとはあっても、血などついてはいなかったと記憶している。なぜならブラッドフォードが起きぬけにシーツをまくったとき、シーツには白以外の色はなかった。しかし、そのあとすぐに、アラモアナが何かの拍子にワインをこぼしてしまい、白いシーツに真っ赤なシミを作ってしまったのだが。

もちろん破瓜についての知識がないブラッドフォードは、そのことについての疑問を持つこともない。なぜ、飲んでもいないワインをアラモアナがこぼしたのか。なぜ、人に聞かれてはいけないのに、アラモアナが「キャッ、ごめんなさい」と大きな声で言ったのか。そのときは何も疑問に思わなかった。

そして、高揚していたブラッドフォードは、アラモアナとの素晴らしい時間だけを記憶に残したのだ。

しかし、房事を学びラチェリアと初めて体を重ねたとき、何かわからないが妙な違和感を覚えた。痛みに顔をゆがめるラチェリアに、これ以上の無理を強いることはできないと、一度の行為で終わりにした。でも、心の奥底にある違和感の正体はわからないまま。

そしてアラモアナと結婚をして迎えた房事。忘れていた違和感が再び顔を出す。もしアラモアナが、ブラッドフォードだけにその体を許しているのであれば、この日がアラモアナにとって二度目の性交のはず。

「でも君は手慣れた娼婦《しょうふ》のようだった」

「……」

アラモアナはうつむいて、手にした紙をグシャリと握りしめた。

ブラッドフォードはフンと鼻で笑って、背凭れに背を預ける。

「ジャスティンは誰の子だ？」

「……」

「答えられないか。それなら私が答えよう」

「ブラッド……？」

「ジャスティンは、君とアルフレッドのあいだに生まれた子だね」

その言葉と同時に、アラモアナの手から握りしめていた書類がぽとりと床に落ちた。

「前王妃の、ジェレミア夫人の認知障害が、かなり進行していたのを知っているか？」

「……」

「知らないか。君が王妃となってからは、ご機嫌伺いにもまったく行っていなかったようだし。……まぁいい。私が彼女に会いにいったときに、私をアルフレッドだと思いこんだジェレミア夫人が教えてくれたよ。アルフレッド、あなたの息子のジャスティンが王太子になるのよ。何も知らないブラッドフォードは本当に間抜けねってね」

「ジェレミア様は、認知障害を患っていらっしゃるのよ？　そんな人の言葉を信じるほうがおかしいわ」

「そうかな？　私はとても興味深いと思ったけどね」

「どうかしている……」

アラモアナが顔をゆがませた。

「私の恋人なのに、いつまでもジェレミア夫人と仲がいいなんて、おかしいと思わないといけなかったんだ」

「おかしくなんてないわ。ジェレミア様は私をかわいがってくださっていたんだから」

「そうだね。でも、君は知っているかい？　ラチェリアも、一度はアルフレッドの婚約者にと打診を受けているんだ。それを断ったら、ジェレミア夫人の態度が一変したんだよ。その差はなんだろうね？」

「そんなの、彼女がかわいげのない女だったからでしょ」

そう言って睨みつけるアラモアナに、かわいげなど欠片もないというのに。

「ジェレミア夫人に会いにいって、そこでアルフレッドと会っていたんだって？　ジェレミア夫人が楽しそうに思い出話を語ってくれたよ」

「信じるの？　自分の世界で生きている人の言葉を？　ふざけないでよ！」

「ジェレミア夫人の指示で私に近づいたんだろ？　私がいつも同じ時間に図書館の夏の間に行くことを知っていたジェレミア夫人が、君に私を誘惑するように指示したんだ」

「やめてよ、全部ジェレミア様の妄想よ！」

「今思えば、君は政治にまったく関心もないのに、私と出あったばかりのころは、ずいぶんと熱心に勉強をしていたね。……私の関心を引くためだったのかな」

アラモアナが王太子妃になってから、以前のように勉強をすることも、ブラッドフォードに意見を求めることもなかった。ブラッドフォードが、アラモアナに意見を求めたことはあったが、アラモアナはつまらなそうに溜息をつくだけで、いつも返事は「ブラッドと同じよ」だった。

もし、あのころのアラモアナの行動が、すべてジェレミアの指示によるものだったら。

ジェレミアは政治に明るく、お前が男であれば、と父親が悔しがるほど聡明な女性だ。もし、ジェレミアがアラモアナにその知識を授けていたら。未熟だけど、ときどき鋭いことを言うアラモアナの姿は。なるほど、合点がいく。

「うまく私に近づいて、弱みでも握ろうとしていたのか？　それとも、殺すつもりだったのか？」

「違うわ、違うのよ」

「でも、その思惑が思わぬところでほころびはじめた」

「ブラッド！」

アラモアナがテーブルを強く叩く音が部屋に響く。

冷めた目でアラモアナを見つめるブラッドフォードに対して、怒りをこめた鋭い視線を向けるアラモアナ。

「君はアルフレッドの子どもを妊娠してしまったんだ。慌てて私を殺そうとしたんだろ？　私が死ねばアルフレッドが王太子になる。そうなれば、あとはどうとでもなるからな」

「……」

アラモアナは顔をゆがめ、ドレスを握りしめている。

「それで、アルフレッドになんとかしてもらおうと思った。それなのに、アルフレッドはなかなか行動を起こさない。だから、君が指示を出した」

「もういいかげんにして！」

アラモアナがどれだけ否定をしても、ブラッドフォードは話をやめない。

「だが、刺客《しかく》は失敗をした。だから今度は、アルフレッドが余計なことを言わないように、口封じをしたんだ」

ジェレミアがアラモアナを疑わなかったことが幸いした。疑う余地もないほど、アラモアナとアルフレッドの関係は親密だったのだろう。もし、ジェレミアがアラモアナを疑っていれば……。

「……でもさ、最初からジェレミア夫人に頼めば、もっとうまくやってくれたと思うよ」

ジェレミアなら、たとえブラッドフォードの暗殺に失敗したとしても、証拠を残すようなお粗末《そまつ》なことはしなかったはずだ。

「……全部デタラメだわ。全部憶測よ」

「確かに、本当のことを知っているのは、今となっては君だけだ。だから、君の口から真実を話してくれるかい？」

「……何も変わらないわ。事件が立てつづけに起きて、不安だったから領地で静養《せいよう》をしようと思ったら事故に遭って、記憶をなくした。何も変わらないわ！」

「……そうか」

ブラッドフォードは大きな溜息をついた。

「事故に遭ったあのころで妊娠四か月だったか？　医師の話では、腹が少し出はじめるころだそうだ」

「……なんで……」

「私を亡き者にすることができなかった君は、私と性交の既成事実を作り、事故を装って姿を消して、そのあいだにジャスティンを産んだ。前国王が私に側妃を迎えいれることを勧めた、とでも聞いたのかな？　頃合いを見はからって君たちは私の前に現れた。ジャスティンの髪の色は王族特有の銀色。瞳は君の色と同じ。私とのあいだに生まれた子だ、と言っても疑われるはずがない完璧な容姿だ」

「……」

「事故に遭ったというのもうそだね？」

「うそじゃない……」

「馬車に乗っていた御者と、君に長年尽くしてくれた侍女の命を奪ったんだぞ？」

「あれは事故よ！　私は奇跡的に……」

「あの高さから落ちて、君だけでなく腹の子どもまで無事だなんてな」

ブラッドフォードは、崖の上から馬車の残骸を見たときの絶望感を忘れてはいない。アラモアナは生きている、と信じることがばかばかしいと思えるほど酷い惨状だった。

ラズヒンス侯爵が入手した強力な睡眠薬を飲んだのが、御者と侍女なら、崖から落下して死ぬ恐怖を知らずに逝ったのが、せめてもの救いだと思いたい。

それにもう一人、睡眠薬を飲まされたのであろうと思われる、アルフレッドを幽閉《ゆうへい》していた牢の守衛《しゅえい》騎士は、事情聴取をしたのちに処刑されている。

「ジャスティンの生まれた日をごまかすために、姿を消したんだろ？」

「違うったら！」

アラモアナはテーブルに置かれた紙を叩きおとした。

あれほど大掛かりな捜索をしたにもかかわらず、当時は、まったく情報を得ることも、アラモアナたちを保護したという老夫婦を見つけることもできなかった。しかし、もう一度当時の事故について調べなおすうちに、そのような老夫婦は存在していなかったことがわかった。

それに、捜索隊にラズヒンス侯爵家の騎士が加わって、情報を共有することで、捜索を見当違いな方向へ誘導したり、誤った情報を流して捜索を妨害していたことはすでに調べがついている。

ブラッドフォードは、ゆっくりと息を吐きながら背凭れに背を預けた。そして、そういえば、と思いだしたように口を開く。

「ずっと気になっていたんだが、ジャスティンが私に似ているところは、髪の色くらいだね」

「え？」

「ジャスティンの目や口の形は、アルフレッドにそっくりだ」

「ジャスティンはあなたの子どもよ！　アルフレッドじゃないわ！」

「……アルフレッド、か」

「あ……」

「王子の名前を気安く口にしてはいけないよ。呼び捨てなんてもってのほかだ。親しくないのならね」

アラモアナが青い顔をして口を両手で覆った。

「もう一度言うが、私には子種がない。この事実は変わらない。……自信を持って言うことじゃないな」

ブラッドフォードは冷めきった笑いをこぼした。

「ブラッド。きっと何かの間違いよ。あなたが、そんな……」

「君の専属医のマルコも、いろいろと教えてくれたよ」

「マルコ？　最近姿を見せないと思っていたら、あなただったの？」

「ジャスティンの出産に立ちあったのは、彼だって？」

「……マルコは、今どうしているの？」

大きな秘密を握っているマルコ。

「もちろん、幽閉されている。すべて話すから許してくれって言ってさ、拷問する前にぺらぺらしゃべったよ」

アラモアナは急にソファーから立ちあがると、ブラッドフォードの横まで来て隣に座り、ブラッドフォードの手に自分の手を重ねた。

「……ブラッド、私たち、ちゃんと話しあいましょう？　あなたは誤解をしているの。そんなのかなしいわ」

口調は穏やかになり、その表情は儚げだ。さっきまで醜悪を顔に張りつけて喚きちらし、気品の欠片も感じなかったのに。

「大丈夫だ。君が何も言わないから全部調べた。誤解もしていない」

「……ジャスティンは、どうなるの？」

ブラッドフォードの手に重ねたアラモアナの手に力が入る。

「安心してくれ。ジャスティンは私の子どもだ。このまま第一王子として育て、いずれ王太子となり国王となるだろう。それから、君は」

アラモアナは顔を上げて、縋るように弱々しくブラッドフォードを見つめた。

「君には療養のため、北の離宮に行ってもらう」

「ブ、ブラッド……」

「まさか未来の国王の母親を、王族殺しで裁くわけにはいかないだろう？」

「本当に私を離宮に押しこむつもり？」

「そうだ」

「いいの？　言ってやるわよ、あなたが種なしだって！」

「ああ、言えばいい。その結果、ジャスティンがどうなってもいいと言うなら。……もちろん、君もね」

「だめよ、それは、だめ……」

「王位を継承《けいしょう》できるのはジャスティンだけではない。ジャスティンである必要もない。そうだろ？」

ブラッドフォードのアラモアナを見る目は鋭く冷たい。

「あ……、ああ、あああああ……！」

恐怖なのか怒りなのか、抑えきれない感情がアラモアナの全身を駆けめぐり、自分の顔を覆った両手は、頬に血が滲むほどの力で爪を立て、ぶるぶると震えていた。

「ルイス、護衛騎士を呼べ。王妃は情緒不安定のようだ」

「は！」

「いやー！　ブラッド！　私は王妃よ！　この国の国母なのよ！　ブラッド！　なぜこんな酷いことをするの？」

ルイスに呼ばれて部屋に入ってきた護衛騎士が、叫びながらブラッドフォードに縋りつくアラモアナを引きはなし、ルイスがその口に布を詰めこんだ。そして、必死に抵抗しているアラモアナの両脇を、二人の護衛騎士が抱え、引きずるようにしてブラッドフォードの執務室を出ていった。

「……」

ブラッドフォードはソファーに深く腰をかけ、静かになった執務室の窓から空を眺めて、大きな溜息をついた。

「陛下」

「ああ、ありがとう」

ルイスが淹れた紅茶が、机の上で湯気を揺らめかせている。

「くれぐれも、このことをジャスティンに知られないように」

ルイスが「心得ております」と返事をした。

「少し一人にしてくれ」

「はい」

ルイスは静かに部屋を出ていった。

「……」

言葉もない。皮肉にもアラモアナの不貞のお陰で、王家の血は途絶えることなく受けつがれていく。愚かで無神経な自分はすべてを失い、失って空いた穴には虚無感が詰まっている。

なんて間抜けで、なんて哀れな男だ。そして。

「本当に愚かな男だ」

アラモアナは、父であるラズヒンス侯爵の罪を嘆き、体調を崩したため、療養を理由に北の離宮に移りすんだ。安静のため、面会は一切禁止。

表向きにはそう公表された。

実際には北の離宮に幽閉され、毎日のように尋問が繰りかえされた。しかし、アラモアナに近しい者たちが罪を認めても、アラモアナが罪を認めることはなかった。

アラモアナが北の離宮に幽閉されてから一年後。

「私にこんなことをするなんて！　ブラッド！　ブラッドを呼んで！　許さないわ！　やめて！　触らないで！」

髪を振りみだし、唾を飛ばしながら叫びつづけるアラモアナは、とても王妃とは思えない。叫んで暴れまわるアラモアナの手足を、四人がかりで押さえつけ、鼻をつまんで無理やり口を開けさせた。

毒杯をアラモアナの口に当てたときの、自分を睨みつける血走ったあの目を、執行人は生涯忘れることはできないだろう。

『王妃アラモアナ、体調が回復せず、崩御《ほうぎょ》』

アラモアナの死は静かに伝えられた。

最後までアラモアナのそばを離れなかった一人の護衛騎士が、アラモアナのあとを追うように、その命を絶ったことは、誰も知らない。


ボトリング公爵邸の一室。

小さなベッドを囲んで数多の瞳が、生まれたばかりのクシャッとした女の子を見つめている。黒い髪に黒い瞳の女の子は、「エイヴァ」と名付けられた。

ラチェリアが予定より二週間も早く産気づいた、とオリヴァーが報告を受けたとき、会議中だったこともあり、すでにかなりの時間がたっていた。オリヴァーは足がもつれるほど慌てて執務室を飛びだし、必死に馬を走らせたのに、あと少しのところで出産に立ちあうことができなかった。

立ちあうといっても、生まれた瞬間に廊下にいるかいないかくらいなのだが、そのいるかいないかがオリヴァーの中ではかなり重要だったらしい。

屋敷に到着をしたとき、すでにエイヴァが生まれていたと知って、思わず膝を突いてしまった。

それでも、かわいい我が子を見れば笑みがこぼれる。おそるおそるその小さな体を腕に収め、少し顔を近づけると、ミルクのような甘い匂いがする。

「こんにちは、エイヴァ。君のお父さんだよ」

エイヴァは目を薄らと開けてこちらを見ているようだが、まだ視力はほとんどないらしい。

「不思議だな」

髪も瞳も黒いのに、ラチェリアにそっくりだ。

「まだわからないわよ。赤ん坊の顔なんてこれからどんどん変わっていくんだから」

ミシェルがそう言ってクスクスと笑った。

「いや、この子はリアそっくりの美人さんになるよ」

「ぼくもそう思います！」

レオナルドもオリヴァーの意見に大賛成。妹ができただけでもうれしいのに、ラチェリアにそっくりだなんて最高だ。

「やはりレオもそう思うか？」

「はい！」

ラチェリアのことに関して常に意見が一致する二人だが、今後はエイヴァのことでも意見が一致しそうだ。

人々がエイヴァの眠るベッドを囲み静かに談笑をしている中、オリヴァーは一人ラチェリアの寝室に向かった。産後の処理を終え、面会の許可が下りたからだ。

部屋をノックすると、優しい声で返事が聞こえた。ドアを開けると、化粧っ気のないかわいらしい顔をしたラチェリアが、優しく微笑んでいる。

「リア」

「オリヴァー様」

オリヴァーはベッドの横まで行って、ラチェリアを抱きしめた。すると、ラチェリアがもぞもぞとオリヴァーから体を離そうとする。

「どうした？」

「あ、私、汗臭いので……」

ラチェリアは恥ずかしそうに頬を染めて、思いがけない言葉を口にする。

「なんだ、そんなことか」

「そんなこと、ではありません」

誰だって、好きな人に臭いなんて思われたくはない。

「まったく気にならない。リアが命懸けで頑張ってくれたんだ。そんなこと、気になるはずがない」

ラチェリアを抱きしめるオリヴァーの腕に、少し力が入った。

「オリヴァー様……」

「お疲れ様。ありがとう」

オリヴァーの優しい言葉を聞くと、思わず涙が溢れてくる。

「はい」

「エイヴァは君にそっくりだ」

「本当ですか？」

ラチェリアは、エイヴァのクシャッとした顔を少し見ただけ。それと、オリヴァーと同じ黒い髪。そう思うとラチェリアの胸は熱くなって、それだけで、さっきまでの言葉にならない痛みなど、すっかり忘れてしまった。

「髪と瞳は黒いが、それ以外は君にそっくりだよ。レオもそう言っている」

「レオまでそう言うなら間違いないですね」

「なんだ。私の言うことは信じられないのか」

ラチェリアは、少しすねたような言い方をするオリヴァーの顔を見あげた。

「いいえ。でもあなたは私に甘すぎるので」

「そうか？」

「そうですよ。私が喜ぶことばかりしようとするでしょ？」

「好きな人を喜ばせたいと思うのは、当たり前のことだろう？」

「フフフ、そうですね」

「でも、本当にエイヴァはリアにそっくりなんだ。きっと賢くて優しくて美しくて、少しお転婆なレディになるよ」

「フフフフ」

オリヴァーはラチェリアの額にくちづけを落とした。

「エイヴァが大きくなったら、おいしいお菓子の作り方を教えてあげてくれ」

「リアとエイヴァの作るお菓子を中庭で食べよう。きっと素敵なティータイムになる」

「お菓子ですか？」

「ええ、そうですね」

エイヴァと最初に作るのはシュガートーストだ。絶対に失敗しないし、簡単でおいしい。ジュワッとバターが染みだす甘くておいしいトーストを食べたら、誰だって笑顔になる。

中庭にお気に入りのテーブルとイスを並べて、シュガートーストとその横には冷たいバニラのアイスクリーム。一緒に飲むのはミルクで煮だした蜂蜜入りの紅茶。子どもたちには、チョコレートシロップを入れた甘めのミルク。

ラチェリアは近い未来の自分たちを想像して、とろけるような笑みを浮かべた。

少し視界がぼやけるのは、幸せが溢れて止まらないからだ。

第七章　レオナルドのライバルはエイヴァのライバル

日差しの強い午後のボトリング公爵邸。

ドアを開けはなしたままの部屋でレオナルドが勉強をしていると、目の端に、よたよたと頼りない足取りで近づいてくるエイヴァが見えた。するとレオナルドの真剣な顔がとたんに緩む。

「ヴィー」

エイヴァの歩く愛らしい姿を十分に堪能したレオナルドは、自分の横まで歩いてきたエイヴァをすかさず抱きあげた。

「また内緒でここに来たの？」

「だだ」

「ライリーが心配するよ」

エイヴァの侍女を務めるライリーは十八と若い。それにエイヴァには乳母がいない。それというのも、エイヴァはラチェリアの母乳で育っているし、ラチェリアが育児にも積極的にかかわっているからだ。

「だだ」
「だめだよ。ライリーがかわいそうだ」
ライリーは経験が浅く、こうしてエイヴァが簡単に逃げだせてしまうくらいの隙を作ってしまいがち。そして、エイヴァはそのたびに隣の部屋、つまりレオナルドの部屋に遊びにいってしまい
レオナルドの部屋のドアが開いているのはそういう理由だ。いつでもエイヴァが入ってこられるよ
うに。正しくは、入ってきてほしい、なのだが。
「だだ」
「そうだよ、ヴィー。兄さまはお勉強中だからね」
「だだ」
「うん、あと少しで終わるよ。だからちょっと待っていてね」
「だだ」
「ああ、やっぱり、ヴィーはいい子だね」
レオナルドは、エイヴァを自分の膝の上に乗せたまま、数年前に他領で起こった河の氾濫が起こ
った原因とその解決方法を考える、というウィリアムからの宿題に取りかかった。
郊外を流れる河が大雨で氾濫し、土地が浸水した記録的な災害で、そのときは、運よくほとんど
の人は高台に避難をして難を逃れた。しかし、復興に時間がかかり、疲弊《ひへい》した領民が他領へ移住し
てしまう、という事態を招いたのだ。今後、そのような事態を起こさないためにはどうしたらいい

のか？　それが今回の課題。

しかし、膝に乗せたエイヴァが机の上の紙をいじり、レオナルドが握るペンを欲しがり、まったく勉強は進まない。

「ヴィーも一緒に勉強をしたいの？」

「だだ」

「はぁ、なんて賢い子なんだ。それに、最高にかわいい。こんなにかわいい子が僕の妹だなんて、本当に信じられないよ」

レオナルドはそう言って、エイヴァの頭上にくちづけを落とした。

するとエイヴァの侍女のライリーが、慌てて部屋に駆けこんできた。

「坊ちゃま、申し訳ございません！　私が目を離してしまい」

「ああ、ライリー。気にしなくていいよ。僕はヴィーがいてくれたほうが勉強もはかどるんだ」

そうは言うが、机の上はエイヴァがいじりまわしていて、とても勉強をしているようには見えない。

「ああ、本当に申し訳ございません」

ライリーが青い顔をしているのを見ると、さすがにいつまでもエイヴァを抱いているわけにもいかない。そう思ってレオナルドはエイヴァを床に下ろした。すると不服そうな顔をしたエイヴァが、再び膝に乗ろうと、腕をレオナルドに向けて伸ばす。

「……はぁ、かわいい。そんなかわいいことをして兄さまを困らせるなんて、本当に天使だね」

そう言ってレオナルドは、再びエイヴァを抱きあげる。

(そこは天使ではなくて、悪い子だね、とかですよね)

ライリーは心の中で呟きつつ、早く部屋からエイヴァを連れだしたくてそわそわしている。

普段はこのくだりを数回繰りかえすのだが、今日はそんなことに時間を費やしている場合ではない。

「坊ちゃま。本日は、クレストン伯爵夫人とそのご子息がいらっしゃるご予定でして」

「ああ、そうだったね」

リシーナ・クレストン伯爵夫人とラチェリアの親交が始まったのは二年以上前。メリンダの開いたお茶会で知りあい、話が合うということもあり、互いの屋敷に呼びあう関係になった。それにラチェリアが妊娠をするより二か月ほど先に、リシーナが妊娠をしたこともあって、それまで以上に親しくつきあうようになったのだ。

エイヴァより二か月早く生まれたという、クレストン伯爵の嫡男ハントリーは、金髪に碧眼で、将来は華やかな青年に成長しそうな容姿をしている。

貴族の世界に生きる者なら、容易に想像できることではあるが、リシーナがハントリーの未来の伴侶に、エイヴァを望んでいるのかもしれない、なんて想像したくもないことを考えてしまったレオナルドは、ハントリーが来ると思うと思わず警戒をしてしまう。

まだ気が早いと言う人もいるだろうが、そんなことはない。ハントリーはレオナルドからエイヴァを奪いとろうとする宿敵、と言っても過言ではないのだから。

それに、ハントリーに限らず、エイヴァを息子の将来の伴侶に、と望む者は多い。当然だ。公爵で、軍の最高司令官で、皇帝の弟でもあるオリヴァーと、そのキャリアに一目置かれ、皇帝の後ろ盾もあるラチェリアとのあいだに生まれた子だ。それに、ラチェリアがガゼル王国の血筋正しい侯爵令嬢であることは、すでに周知《しゅうち》されており、ラチェリアを平民とそしる者はいない。そしてなんといってもエイヴァは、レオナルドにとって世界一かわいい妹。

「僕は、簡単にヴィーをお嫁さんにやる気はないけどね」

「はい？」

レオナルドの言葉が聞こえなかったライリーが、きょとんとして聞きかえした。

「ううん、なんでもない」

自分が認めない男にエイヴァを任せる気はない。たとえ敬愛するラチェリアが望んだとしても。

一応書きしるしておくが、あくまでもレオナルドの妄想の世界で、決して、リシーナがエイヴァをハントリーの妻に望んでいる、と口にしたわけではない。

レオナルドは、自分の膝の上で、おしゃべりをしながら紙をぐしゃぐしゃにして、満足そうな顔をしている愛らしいエイヴァを、ぎゅっと抱きしめてからライリーに渡した。

「お母さまは？」

「はい。先ほどお仕事からお戻りになり、今はお茶会の準備をしていらっしゃいます」

エイヴァの妊娠を理由にしばらく仕事を休んでいたラチェリアが、エイヴァが一歳になったことを機に、教育係の仕事を再び始めることにしたのは一か月ほど前。仕事を再開すると噂が広まると、瞬く間に依頼が殺到した。

しかし、ラチェリアの秘書であるマリエッタも、半年前に、公爵家有する騎士団の団員であるガイと結婚をし、今は妊娠二か月。つわりが重く、少し前から仕事を休んでいて、現在ラチェリアの秘書が不在の状態。そのため今は、結婚するより前から見ていた教え子たちに絞って仕事を引きうけているのだ。

「そう、わかった。勉強が終わったらすぐ行くよ」

「かしこまりました」

ライリーに抱かれたエイヴァが、ライリーの肩越しからこちらを見て腕を伸ばしている。そんなかわいらしいエイヴァにニコッとして手を振ったレオナルドは、紙が散乱した机を整理してから、分厚い本を開いた。

毎日屋敷に来ていたウィリアムが、授業の回数を減らしたのは三か月前。

「レオは自分の力で学ぶことができる。つまり、私は付きっきりで面倒を見る必要がないということだ」

そう言ってウィリアムは、週に二回屋敷に来るようになり、ウィリアムが来ない時間がそのままレオナルドの自学自習の時間となった。

そのため、課題の資料の横には、分厚い神話の本と、大量の紙が置かれている。二か月も前から少しずつ進めている、レオナルドにとって一番大事な仕事だ。

ユヴァレスカ帝国で最も有名なペスカトラ神話。その神話を簡単なお話にし、エイヴァに読んで聞かせてあげようと思っているのだ。

「きっと喜んでくれると思うんだよね」

エイヴァは本を読んでもらうことが大好き。いつも、ラチェリアお手製の絵本を抱えてきては、よたよたとレオナルドのところまできて、ちょこんと膝に座って本を開く。そして、レオナルドを見あげて、「だだぁ」と本を叩くのだ。これは「読んで」のおねだり。そんなことをされて、レオナルドが本を読まないなんてありえない。

特にエイヴァのお気に入りは、『ウサギくんとウサギちゃん』というお話で、その本は一日に最低でも十回は読まないと、エイヴァは満足してくれない。

そんなエイヴァに、自分が作った本を読んで聞かせてあげたい、と思っているレオナルドは、神話を題材にして絵本を作ろうと思っているのだ。

しかし、本を作るうえでひとつ大きな問題がある。実は、レオナルドには絵心がない。レオナルドが描くネコはクマのように見えるし、イヌがウマのように見える。

「致命的だ」

全部自分で作りたいけど、これはラチェリアに協力を頼んだほうがいいかもしれない。

「……いや、諦めるのはまだ早い」

しかし今はまず、ウィリアムから与えられた課題を終わらせることが先だ。

しばらくすると、ドアをノックする音が聞こえた。レオナルドが時計を見ると、すでに二時間が経過している。

「坊ちゃま、そろそろお客様がいらっしゃいますよ」

レオナルド付きの侍女、バネッサの声が聞こえる。

「わかったよ。ありがとう」

レオナルドが部屋を出て階段を下りると、子どもの泣き声が聞こえてきた。ハントリーの機嫌が悪いらしい。リシーナが一生懸命あやしているが効果はないようで、泣き声が大きくなるし、全力でのけぞっている。

「あらあら」

そんなハントリーとリシーナを、ラチェリアはニコニコしながら出むかえた。

「ごめんなさい。さっきまで静かだったのに」

リシーナは少し困り顔。

「フフフ、気にしなくていいのよ」

馬車の中で気持ちよく寝ていたのに、降りるときに起きてしまい機嫌が悪いのだろう。そんなことはよくあることだ。

　そこへレオナルドがやってきた。

「こんにちは、リシーナ様」

「レオ。こんにちは」

「ハントリーもこんにちは」

　そう言って大きな声で泣くハントリーをのぞき込むと、それに気がついたハントリーがぴたりと泣くのをやめた。そしてじっとレオナルドを見つめる。

「あら」

「まぁ」

　ラチェリアとリシーナは少し目を見はって、それからクスリと笑った。

「ハントリーったら」

「レオのことが気になるのね」

　その言葉が事実であるかのように、ハントリーはニコリと笑って、レオナルドのほうに腕を伸ばした。

「僕のところに来るかい？」

　レオナルドが腕を広げると、待っていたかのように「あぅ」と言って身を乗りだすハントリー。

「よろしいのですか？」とリシーナ。

「ええ、僕でよろしければ」とレオナルド。

リシーナは慣れた様子のレオナルドに感心をしながら、「では、お言葉に甘えて」とハントリーをレオナルドに渡した。

すっかり赤ん坊のお世話にも慣れてしまったレオナルドは、抱き方にも一切不安がない。上手にハントリーを受けとると、ハントリーがレオナルドの首元にぺたりと頬を寄せた。

「――っ！」

「まぁ、ハントリーったら」

リシーナは驚いたように目を見はる。

「レオ、大丈夫？」

九歳のレオナルドには、一歳のハントリーは重いだろう、とラチェリアは心配をしているのだが。

「ええ、大丈夫です」

もし、大泣きをしてのけぞったりすれば、レオナルドが抱いていることは難しいが、今のハントリーはとてもおとなしく、ぴったりとレオナルドにひっついている。

（……はぁ、かわいい）

エイヴァを奪いとるかもしれない男ではあるが、今はレオナルドにその身を預ける一歳の乳幼児。かわいさだけを持った天使なのだ。勝てるはずがない。

「……幼児相手に大人げないな」

「え？」

「いえ」

ラチェリアが不思議そうな顔をしている。少し一人言が大きかったようだ。

「いつまでもここで立ち話をしているわけにはいかないわね」

ラチェリアはそう言って、リシーナを邸の中に案内した。そこへ、身支度を整えたエイヴァがやってきた。

「遅くなりまして申し訳ございません」

エイヴァもリシーナとハントリーを出むかえる予定だったが、直前で着替えをしなくてはいけない事態となりそれはできなかった。

「まぁ、ヴィー。こんにちは」

「だだ」

ご機嫌のエイヴァは、手を伸ばしてリシーナに挨拶をした。

しかし、ご機嫌だったエイヴァだが、レオナルドとハントリーをみた瞬間に顔をしかめて、ライリーにぎゅっとしがみついた。

「ヴィー？」

レオナルドはエイヴァの顔をのぞき込んだが、エイヴァはプイッとそっぽを向く。

「え？」

「さ、今度こそ中に入りましょう」

ラチェリアはそう言って客人を邸の中に招きいれる。

ラチェリアとリシーナがゆっくりとおしゃべりをしているあいだ、レオナルドはエイヴァとハントリーをおもちゃの置かれた部屋に連れていった。

しかし、二人を床に下ろすと、エイヴァは這い這いをして人形が置かれた場所に向かったが、ハントリーは床にじっと座りこんだまま。

「ハントリー。遊んでいいんだよ？」

レオナルドがそう言っても、ハントリーはぼーっとエイヴァの様子を見ているだけで、自分から動こうとはしない。

「ハントリー？」

レオナルドがもう一度声をかけると、ハントリーはレオナルドのほうを向いた。それから這い這いをして、イスに座っているレオナルドの足につかまると立ちあがり、レオナルドの膝の上に乗ろうとして手を伸ばした。

「あー」

「抱っこがいいの？」

レオナルドはクスッと笑って、ハントリーを抱きあげた。するとハントリーがレオナルドにぎゅっとしがみつく。

（あぁ、ほだされる）

そのとき、エイヴァの「だだ！」という大きな声。抱きしめていた人形を丁寧に床に座らせると、立ちあがってよたよたとレオナルドのもとまでやってきた。そして、かわいらしい顔でレオナルドに抱かれたハントリーを見あげる。

「だだぁ」

「どうしたの？　ヴィー」

「だだだだだぁ！」

「……？」

「だだだだ！」

エイヴァが不機嫌な顔をして一生懸命何かを言っている。

「だだだだだだぁ！」

「ヴィー？」

「あー……」

エイヴァの剣幕《けんまく》にびっくりしたハントリーが、ぎゅっとレオナルドの首にしがみついた。するとますます不機嫌な顔をしたエイヴァ。

「だだだだだ！」

「……もしかして、やきもち……？」

「だだだだ！」

「ヴィーが、怒っている……。僕を取られると思って……？」

エイヴァが、レオナルドに甘えるハントリーに怒るという至福の三角関係。

「はぁ……何？　この言葉に表すこともできない幸せは……」

一生懸命文句を言っているエイヴァが、天使より天使。怒っているのにまったく怖くないぷっくりした頬が、食べてしまいたいくらいにかわいらしい。

しかし、今はそんなのんきなことを言っている場合ではない。かわいい天使がご立腹なのだ。一度はエイヴァを狙う宿敵とまで思ったハントリーに、あっさりとほだされてしまったことを反省しなくてはならない。

「ごめんね、ヴィー。一瞬でも浮気をしてしまった兄さまを許してね」

レオナルドはそう言うとハントリーを下ろして、今度はエイヴァを抱きあげた。すると、勢いよくレオナルドの首にしがみついたエイヴァ。

「はぁ、至福」

すると、今度は床に置かれたハントリーが、立ちあがってレオナルドの膝に乗るために腕を伸ばす。

「あっ、あっ」

「……くっ、このつぶらな瞳を僕は無視できない……」

レオナルドはイスから降りて床に座り、空いた左腕でハントリーを抱きよせた。しかしそれが気に入らなかったのはエイヴァ。

「だだだだだだ！」

再び文句を言いだしたのだ。

「あー……」

ハントリーも何かを言っているが、エイヴァの勢いには勝てず、レオナルドの首にぎゅっとしがみつく。それを見て目を見ひらいたエイヴァ。

「だぁ……」

エイヴァは瞳を潤ませてレオナルドを見つめ、必死に訴えている。

それに対して、レオナルドの首にしがみついて離れないハントリー。「あぅ」とエイヴァの勢いに押されつつも、控えめに言いかえすそのさまがまたかわいらしい。

「二人の天使が僕を取りあうなんて」

いつの間にかハントリーもライバルから天使へと立場を変えて、レオナルドを困らせる存在となったらしい。

そして現状を解決する術もないまま、正確には、解決する気もないまま、幸せを満喫するレオナルドだった。

❋ ❋ ❋

何枚描いても、天馬が羽の生えたイノシシに見える。

自室で頭を抱えているレオナルドは、エイヴァが楽しめるようにと、短い文でお話まで書きあがっているのに、絵が不可欠の絵本で致命的となる、「絵が下手」という壁にぶつかっていた。

エイヴァは動物が好きで、ラチェリアが手作りをしている絵本のほとんどにも、動物が出てくる。それに、エイヴァはお話よりも動物の絵に反応をしていて、動物の絵を指さしては「だだ（イヌ）」「だだ（ウサギ）」「だだ（トリ）」とうれしそうに顔をほころばせる。

それに最近では、絵本に合わせて「わんわん」「なんなん（にゃんにゃん）」と動物の鳴き声をまねしているのだ。

「でも、これは……」

自分で言うのもなんだが、これがなんの動物なのかまったくわからない。

「一応、天馬のつもりなんだけどなぁ……」

なんでもそつなくこなすレオナルドが、唯一苦手とするのが絵を描くこと。それも、こうしてエイヴァのために絵本を作ろうと思わなければ、苦手と知ることもなかった。

すっかり落ちこんだレオナルドは、気分転換をするために自室を出て、ラチェリアとエイヴァの楽しそうな声が聞こえる居間に向かった。

「レオ、勉強は終わったの？」

なかなか自室から出てこないレオナルドが、ようやく顔をのぞかせたことを、ラチェリアとエイヴァはとても喜んだ。

レオナルドが最近悩んでいることは知っていたが、自分から話をしてくれるまで待っているラチェリアは、少しやきもきしている。しかし、賢いレオナルドのことだ。できる限りは自分で解決しようと試行錯誤しているのだと思い、余計な口出しをせずに、じっと見まもっているつもりだったのだが。

「ねぇ、レオ」

「はい」

「久しぶりに一緒にお菓子でも作ってみない？」

ラチェリアは、人形の手足を動かして遊んでいるエイヴァの横に座ったレオナルドに、そんな提案をした。

「え？」

その言葉に少し驚いた顔をしたレオナルド。

ラチェリアは領地経営や教育係の仕事、それにエイヴァの世話と、毎日がとても忙しい。レオナルドも、これまでの勉強に剣技の鍛錬や乗馬、ダンスの練習などが加わり、二人の時間がなかなか合わなくなってしまい、長くお菓子を作ることもなかった。

「どうかしら？」

「……はい！　作りたいです！」

レオナルドにとって、ラチェリアとのお菓子作りはとても大切な時間だ。二人でおしゃべりをしながらお菓子を作り、出来たてのお菓子とおいしいお茶で素敵なティータイムを過ごす。

エイヴァが生まれる前まで毎日のように作ってきた二人の時間を思うと、懐かしさに胸が熱くなる。

「それではさっそく作りましょうか？」

「はい！」

ラチェリアとレオナルドが立ちあがると、エイヴァも二人を追うようにゆっくりと立ちあがった。

「ヴィーも一緒に作る？」

レオナルドが聞くと、エイヴァは「だぁ」と返事をする。そんなエイヴァを見て、ラチェリアとレオナルドは顔を見あわせて笑った。

厨房に行くと、ラチェリアは卵と牛乳と砂糖を用意し、エイヴァのためにオレンジを用意した。

レオナルドはシャツの袖をまくって手を洗い、エイヴァはイスに座ったライリーの膝の上でおとなしくしている。

オレンジは皮をむいて小さな房に分けて、エイヴァの前へ。エイヴァは瞳をキラキラと輝かせてオレンジを握りしめ、果汁をぼたぼたとこぼしながら口に運んでいる。ライリーは忙しそうに、エイヴァがこぼす、甘くさわやかな香りのオレンジの果汁を拭きとった。

その様子を見てクスリと笑った二人。

「ヴィーが大きくなったら三人で作りましょうね」

「はい、楽しみです」

今日作るのは、ぷるぷるのプリン。

「ヴィーの分はお砂糖を少なめにね」

「はい」

砂糖に水を入れて火にかけ、色が変わったら水を足して、出来上がったカラメルを、小さな容器に少しずつ入れた。ボウルに落とした卵を丁寧に溶いて、温めた牛乳にバニラビーンズを加え、溶き卵の入ったボウルに、温めた牛乳を何度かに分けて混ぜいれる。さらに砂糖を加えてよく混ぜ、カラメルの入った容器に流しいれた。

「よし、あとは蒸すだけね」

「はい」

「あら？」

そういえばかわいい声が聞こえない、と思ってラチェリアがエイヴァを見ると、いつの間にかライリーに抱かれたまま眠っている。

「ふふ、待ちくたびれてしまったわね」

「そのようです」

ライリーがやさしくその背中をなでた。

「ベッドに連れていってくれる？」

「かしこまりました」

「ついでに着替えもね」

ラチェリアがそう言うと、ライリーが「おまかせください」と言って立ちあがり、エイヴァを抱いたまま厨房を出ていった。

「さぁ、蒸しているあいだ少し休憩をしましょう」

「はい」

厨房の棚にあるクッキーを皿にのせ、湯を沸かして紅茶を淹れた。

「ありがとうございます」

ラチェリアの手ずから淹れた紅茶を、うれしそうに見つめたレオナルド。

「こうして二人きりでティータイムを過ごすのは久しぶりね」

「そうですね」

しかも厨房で、なんて初めてのことだ。

「お母さまは毎日お忙しいですから、こうして時間を作っていただけてうれしいです」

「……ごめんなさいね。レオはしっかりしているからと思って、いつの間にかあなたに甘えてしまっていたわ」

「いえ、そんなことは」

ラチェリアはそっとレオナルドの手に自分の手を重ねた。

「レオ、私はあなたのためならいくらでも時間を作るわよ。だから、遠慮なんてしないで」

「……はい」

「もし、何か困っていることがあったら」

「え？」

「なんでも相談をしてちょうだいね」

「あ……」

ラチェリアがそう言うと、レオナルドは少し顔を赤くした。

「……実は……」

「ええ、なに？」

口ごもらせるレオナルドを見て、ラチェリアは思わず身を乗りだした。

「絵が……」

「えが？」

言いにくいのかレオナルドがもじもじとしてうつむく。

「絵が上手に描けないのです」

「……絵？」

「……はい」

「まぁ……」

ラチェリアの頬が緩み、顔がほころんだ。

「そうだったの……まぁ」

「なぜ、そんなにうれしそうなのですか？」

「だって、フフフ。もっと難しいことで悩んでいるのだと思っていたのよ」

「ご存じだったのですか？　僕が悩んでいたこと」

「もちろんよ。私はあなたの母親なのよ。子どものことくらいわかります」

そう言ってうれしそうに笑うラチェリアを見て、思わずレオナルドの顔もほころんだ。

まさか、自分がラチェリアに心配をかけているとは思わなかった。しかも、ラチェリアが心配して、こうして自分のために時間を作ってくれたのだ。思わずうれしくなって、頬が緩んでしまっても仕方がない。

「実は、ヴィーに絵本を作ってあげたくて」

「まぁ、素敵ね！」

「でも……絵が壊滅的なんです」

少し恥ずかしそうな顔をしたレオナルドがラチェリアを見ると、ラチェリアはキラキラした瞳でレオナルドを見つめている。

「……少し、お待ちください」

そう言って立ちあがったレオナルドは、自室から作成中の絵本を握りしめて厨房に戻ってきた。そして、おずおずとそれをラチェリアに渡した。

「見ていいの？」

ラチェリアが聞くと、レオナルドがこくんとうなずく。

そしてなぜか姿勢を正したラチェリアは、ゆっくりと紙を一枚一枚めくっていった。

「まぁ」と頬を緩め、「フフ」と微笑み、「あら」とまじめな顔をして。

(表情がころころ変わるな)

レオナルドはそんなことを考えながら、ラチェリアの様子を見ていた。

すべてを読んだラチェリアが顔を上げて、とろけるような笑顔をレオナルドに向ける。

「とても素敵なお話だわ。神話だけどとても簡単にしてあるし、人ではなく動物で表しているのもいいわね。きっと、ヴィーは夢中になるはずよ」

「そうですか！」

うれしくて思わず声が大きくなってしまったレオナルド。

「でも……」

レオナルドははたと、下手な絵を見せてしまったことが急に恥ずかしくなってきた。

「私は、あなたが言うほど下手だと思わないわ」

そう言いながら紙をめくって、そこに描かれている動物を指さした。

「これは、キツネよね？」

「リスです」

「これは、ヒツジでしょ？」

「ウサギです」

「まぁ……」

がっくりと肩を落とすレオナルド。

「で、でも、これはわかるわ。天馬よね？」

「……はい」

本文に天馬と書いてあるのだから、たとえそう見えなくても天馬なのだとわかる。

「やっぱり、僕には絵心がないのです」

「そ、そんなことはないわ」

ラチェリアは慌てて否定をした。

「……きっと、レオは本物に近づけて描こうとしているから、難しいのだと思うわ」

「それは……？」

「もしね、ヴィーが本物のクマを見たらかわいいと思うかしら？」

「……思わないと思います」

「そう。きっと大泣きしてしまうわ」

でも、エイヴァはラチェリアの描くクマが好きだ。

「私が描くクマは丸っこくて体の大きさは顔の二倍程度なの」

言われて思いだせば確かにそうだ。ずんぐりした姿だが、丸い耳と茶色の毛だけでクマとわかるし、エイヴァがそのクマを見て怖がることはない。

「これから先、ヴィーが本物のクマを目にすることがあるかはわからないけど、小さいうちはかわいいクマでもいいと思うの」

実はラチェリアも本物のクマを見たことはない。本で絵を見たことがあるだけだ。

「その動物の特徴を強調するだけで、それらしく見えるのよ。ウサギはね、丸い顔に長い耳を描いてあげるだけで、ウサギに見えるの。リスは体より大きなふさふさのしっぽを描いてあげるだけで、それらしく見えるわ」

「……なるほど」

そんなことを考えて描いたことはなかった。ただ動物の描かれている本をたくさん見て、似せて描くことに必死だった。特に文字だけで書かれている動物は、想像をするのにも限界があって、どんどんおかしくなっていった。

（本物のように描く必要はないのか）

それならレオナルドにもできそうだ。

「ありがとうございます。とても参考になりました」

「よかったわ」

悩みが解決してすっきりした顔をしているレオナルドを見て、ラチェリアもほっとした。

その日作ったプリンは、甘くて滑らかな舌触りで最高の出来だった。エイヴァもプリンを食べながらご満悦だ。

後日、レオナルドがラチェリアに出来上がった絵本を見せた。

「まぁ、とってもいい出来よ！」

「本当ですか？」

「ええ！　動物たちの特徴をよくとらえているわ」

「ありがとうございます」

ラチェリアのアドバイスのお陰だ。

「これは、タヌキね？」

「イヌです」

追憶

オリヴァーとヴァーノン王国の王女ユリーシカの結婚は、国同士の関係を強固にするためのもので、二人はほとんど言葉を交わしたこともないまま結ばれた。しかし、己の立場を弁え、果たすべき責任を粛々と受けいれた二人だったが、その関係は決して悪くはなかった。

ユリーシカは控えめだが周りに気遣いができる人で、オリヴァーの彼女に対する第一印象はとてもよかったし、ユリーシカにしても、紳士的で、優しい笑顔を見せる美しいオリヴァーに、恋心を抱くようになるのにそう時間はかからなかった。

あえて二人の関係に問題点を挙げなくてはならないとするならば、オリヴァーが忙しく、なかなか時間が取れないということくらいではないだろうか。

なぜなら、オリヴァーは軍の最高司令官の地位に就いて日が浅く、仕事を覚えるので精一杯。加えて、ひと癖もふた癖もある古参の軍人たちは、いずれその地位に就くだろうと思われていた信頼のある古参を差しおいて、たいして実績もないのに、皇弟《こうてい》という立場だけでその地位に就いた年の若いオリヴァーに非協力的。

「本当になんなんですか、あの連中は！」

アーノルドが鼻息を荒くして怒っているのは、軍部会議での上層部のオリヴァーに対する態度。決して悪い人たちではないが、若すぎるオリヴァーに仲間の命を預けることをよしとしていない彼らは、オリヴァーに対してかなり強気だ。

「彼らの言いたいこともわかるからな」

「そうだとしても、今は足を引っぱりあっている場合ではないじゃないですか」

ユヴァレスカ帝国は、同時に三国を相手に戦争や交渉をしていて、最近ようやくひとつ話し合いがまとまったばかり。

「リンベル公国との戦争だって、先が見えてきたのは、閣下が奔走したからだというのに」

ユヴァレスカ帝国の本土とリンベル公国とのあいだには距離があり、本土に上陸した敵兵を、自国まで押しかえしたまではよかったが、いざリンベル公国に攻めいると、物資の輸送に時間がかかり、思うように進軍することができずにいた。それが、友好国を動かし、後方支援という協力を取りつけたことで、拮抗《きっこう》していた戦局がこちらに傾いてきたのは数週間前のこと。

「まぁ、それが気に入らないんだろうな」

これまで自分たちがどんなに交渉の場を設けようとしても、のらりくらりとかわしていた友好国を動かしたのはオリヴァー。上層部の人間が面白くないと思うのは仕方のないこと。

「子どもみたいなやつらですね。閣下は国のために働いているのに、あのじじぃどもは……！」

不機嫌な顔をしていたアーノルドだったが、はたと気がついて時計に目を遣った。

「それより閣下。今日こそ家に帰ってください」

新婚のオリヴァーだが、式を挙げた三日後には仕事に復帰し、それから一度も家に帰っていない。

もちろん帰りたくないわけではないが、戦時の今、命を懸けて前線で戦っている仲間がいるのに、新婚だからなんて甘えたことを言うわけにはいかないのだ。

「奥さまが待っていますよ」

「それはわかっているがな」

「一日くらい問題ありませんって」

しかし、しばし考えたオリヴァーだったが、やはり首を縦に振ることはなかった。

それから三か月が過ぎたころ、ようやくリンベル公国との戦争に決着がついた。

リンベル公国は、もとはユヴァレスカ帝国の属国だったが、隣国ペチカ王国の誘いに乗り、連合を組んで独立を果たそうとしていた。

もしそれが交渉による独立なら、話し合いの場を設けたのだが、リンベル公国はその意志を示さないまま突然挙兵し、それに怒りをあらわにしたオルフェンが、完膚なきまでに叩きつぶせ、と声を荒らげたのだ。

もちろんペチカ王国に対しても容赦はしない。リンベル公国が白旗を揚げた今でも、ペチカ王国に対する攻撃は続いている。

「閣下、今日こそ帰ってください」

リンベル公国との戦争が終結し、ひと段落がついたこともあり、アーノルドの語気が強い。何がなんでも家に帰らせようとしているようだ。

「ああ、そうさせてもらおう」

「え？　本当ですか？」

「なんだ。帰れと言っておきながら、帰らせないつもりだったのか？」

オリヴァーがそう言うと、アーノルドは慌てて首を振った。

「まさか！　すぐにでも帰ってほしいくらいです」

「ハハハ、そうか」

そう言うとオリヴァーはイスを立ち、ハンガーにかけてあったジャケットを手にした。

「では、お言葉に甘えさせていただくよ」

「もちろんです。一週間くらいお休みしてください」

「そんなにいいのか？」

「そうしてくださると私も休めますから」

「ああ、そうだな。君も早く家に帰って、夫人とゆっくり過ごすといい」

オリヴァーはにこやかに執務室を出ていった。

今日まで昼夜を問わず働いていたのだから、一週間と言わず一か月くらい休んでもいいと思うのだが、今はそんな贅沢を言えるときではない。アーノルドはそんなことを思って大きな溜息をつく。

「私もやっと休めるな」

アーノルドも屋敷で待つ妻のもとに帰るべく、軽い足取りで執務室を出ていった。


帰路についたオリヴァーは、道を眺めながらユリーシカの顔を思いだしていた。帝都に向かうオリヴァーを見おくる彼女は笑顔だったが、寂しそうでもあった。

「心細い思いをしているかもしれないな。……途中で花を買っていこう。いや、宝飾品のほうがいいかもしれない。それとも、ケーキのほうがいいか？　ん？　彼女は何が好きなんだ？」

今のところユリーシカが好きなことは、刺繍だということくらいしか知らない。

「そうか。糸でも買っていくか」

ユヴァレスカ帝国には異国の品が多く流通していて、刺繍糸の種類もほかに類を見ないほど豊富だと聞いたことがある。

しかし、ユリーシカがユヴァレスカ帝国に来て、すでに半年がたっている。そのあいだに刺繍糸くらい買っているかもしれない。そうは思ったが、とりあえず見てみよう、とモルガン領内で一番大きな手芸店に向かったオリヴァー。が、その種類の多さに愕然とした。

赤い糸だけでも濃淡の違いや混色、糸の太さの違いがあって、どれがいいのかわからない。

店主に聞いても、人の好みもあるし、刺す絵柄によって使う色や、糸の種類も違う。最近では細いリボンで刺すリボン刺繍も人気です、なんて言うものだから、ますますわからなくなり、結局糸を選びきれずに店を出てきてしまった。

「これは困ったぞ」

宝飾品を買おうにも好みの石がわからないし、ユリーシカの色といっても、髪は濃いブラウンで、瞳もブラウンのヘーゼルアイ。オリヴァーの色は？　といえば、瞳も髪も黒だから選びにくい。

「とにかく店をのぞいてみるか」

そう思って宝飾店に足を踏みいれると、待ちかまえていたかのように、店主がニコニコしながらやってきた。

店主の説明では、最近女性に人気のアクセサリーは、大ぶりの宝石に細かくカットを入れたネックレスだそうで、店に並ぶものもほとんどがそれだった。

「確かに美しいが。……彼女には、もっとシンプルなデザインのほうが似合うはずだ」

結局何も買わずに店を出たオリヴァーが、途方に暮れたまま馬車まで向かおうとしたとき、開いたドアから甘い匂いが。

「ケーキか……。ケーキだな、ケーキしかない」

ケーキなら全種類買っていけば、好きなものがひとつくらいあるだろう。

しかし、時間が遅かったこともあって、店に残っていたのは三種類だけ。がっくりと肩を落としたオリヴァーは、ショーケースに並んでいたケーキをすべて買いしめて店を出た。

屋敷に着くと、驚いた顔をして出むかえたユリーシカ。

「お帰りになるとは知らず、申し訳ございません。このような格好で、お恥ずかしい……」

ゆったりとしたドレスを着て頬を染めるユリーシカだが、血色がよく、少しふくよかになったような気もする。健やかに過ごしていたのだろう。

「お土産を買ってきたんだ」

そう言ってオリヴァーはケーキの入った箱を軽く持ちあげた。

「まぁ、うれしいですわ」

「あなたの好きなものがあるといいのだが」

「私……オリヴァー様が選んでくださったものなら、なんでも好きです」

ユリーシカはそう言ってかわいらしく微笑んだ。


その日の夜。

「それは……本当か？」

「はい」

新しい家族が増える、という思いもよらない報告を受けたオリヴァーは、驚いた顔をしてユリーシカを見つめている。

「なんてことだ。……本当にすまない。あなたがつらい思いをしているときに――」

つわりが酷く、オレンジばかり食べていた、と言うユリーシカ。

「私こそ申し訳ございません。どうしても直接お伝えしたくて」

本来なら懐妊という一大事は、何をおいても当主たるオリヴァーに知らせるべきことだ。でも、手紙ではなく自分の口から伝えて、夫の喜ぶ顔が見たかった。もちろん、決して褒められた行動ではないと理解している。怒られても仕方がないことだ。

しかし、オリヴァーはとろけるような笑顔で、優しくユリーシカを抱きしめた。

「ありがとう。本当にうれしいよ。体を大切にしてくれ」

ユリーシカのゆったりとしたドレスも、つわりが収まり旺盛となった食欲も、そうと知れば納得だ。それに少し膨らんだ腹も。

「オリヴァー様、触ってみてください。今、赤ちゃんが起きているんです」

ユリーシカに言われてオリヴァーがその腹を触ると、腹の子がオリヴァーの手の平を押した。

「――っ！　少し動いた！」

「ええ」

オリヴァーの輝かんばかりの笑顔を見て、ユリーシカはクスクスと笑う。

「とても元気のいい子だ」

そう言ってしばらく腹を触っていたオリヴァーは、ベッドに潜っても興奮が冷めず。しかし、ユリーシカの静かな寝息を聞いていると、今度は後悔が襲う。

もっと早く帰ってきていれば、半年も何も知らないなんてことはなかったはずだ。

「私は夫失格だ」

そう言って大きな溜息をついたオリヴァー。が、不意に自分の手に温かく柔らかい手が重なった。

驚いて横を見ると、眠っていたはずのユリーシカがこちらを見て微笑んでいる。

「そんなことをおっしゃらないで。すべては、私のわがままなのですから」

「……部下のアーノルドに、一週間くらい休めと言われた。だから、ありがたくそうさせてもらおうと思っているんだ」

「本当ですか？」

「私も、あなたとお腹の子と一緒に過ごしたいからね」

「うれしいです」

正直に言えば、話を聞いたばかりだからか、オリヴァーにはまだ父親になる実感も覚悟もない。

それでも、腹を触って幸せそうな顔をしている妻を見れば、守るべき存在が増えた事実に心がくすぐったくなる。

その日オリヴァーは、ユリーシカをその腕に優しく包みこんで眠りに就いた。

しかし、オリヴァーの言葉が守られることはなかった。二日後にはペチカ王国に動きがあった、と招集がかかり、帝都に戻らなくてはならなくなったからだ。

「本当にすまない。また一人にしてしまう」

「私は大丈夫です。こちらのことは心配しないでください」

「ありがとう」

そう言うとオリヴァーは馬車に乗りこもうとした。と、ユリーシカが手を伸ばす。

「オリヴァー様、あ、あの――」

「え？」

「――い、いえ。……お帰りをお待ちしております」

ユリーシカがそう言うと、オリヴァーは「できるだけ早く帰るよ」と言って馬車に乗りこみ、屋敷をあとにした。ユリーシカは馬車を見おくりながら小さく呟く。

「……どうか、早く帰ってきてくださいね」

本当は、寂しいと言いたい。本当は、行かないでと縋りつきたい。本当は――。

帝都に戻ったオリヴァーは、軍の本部に向かった。

「閣下」

アーノルドが早足でオリヴァーのもとまでやってきた。

「ペチカ王国が、かなりの兵を動かしました」

アーノルドから渡された資料に目を通すオリヴァー。

「……まだこれほどの兵力を残していたのか」

「リンベル公国に攻めこませて、こちらの戦力を削らせるつもりだったのだと思います」

しかし、想定より早くリンベル公国が白旗を揚げたことで、予定が狂ったのだろう。勝機を見いだすために先手を打とうと、一気に大軍を動かしたことでそれがわかる。現状ではペチカ王国に勝ち目はないというのに。

とはいえ、形勢が不利になろうとも、ペチカ王国が兵を引くことはない。なぜなら、彼らにとってこの戦争は、賓客として招待した前皇帝ザッカリーによってその身を汚され、自ら命を絶った王女の敵討ちだからだ。

オリヴァーとて、王女の尊厳を傷つけたザッカリーが、謝罪もしないままこの世を去ったことで、怒りの矛を収めることもできず、何年も憎しみを抱えている、ペチカ王国の人々の心情がわからないわけではない。この戦争を主導しているのは、今は亡き王女の元婚約者、という情報もあり心情としては複雑だ。

だが、現皇帝オルフェンからの謝罪と金銭的な賠償は済んでおり、一度はペチカ王国も納得したのだから、これ以上のいわれはないはず。

「会議を開く。すぐに人を集めろ」

「はっ！」

それから四か月後。全滅覚悟のペチカ王国との攻防は、双方に甚大な被害をもたらしたが、最終的に、国土の半分以上を占拠され、王宮を押さえられたペチカ王国が、ユヴァレスカ帝国の従属国となることで決着した。

「すまないが、もう少し急いでくれるか?」

ユリーシカからの手紙には、出産予定日は明日と書いてあった。できることなら出産に立ちあいたいと思っているオリヴァーは、はやる気持ちが抑えられず、御者に先を急がせた。

しかし、家令がオリヴァーに送った出産の知らせは行き違いになっていたらしく、屋敷に着いたときには、すでに子どもが生まれてから丸一日たっていて、オリヴァーはがっくりと肩を落とし、床に膝を突いてしまった。

とはいえ、オリヴァーが落胆した時間はそれほど長くはない。ユリーシカに抱かれている生まれたばかりの子どもは、小さな手をぎゅっと握りしめて、大きなあくびをしている黒髪に黒い瞳の男の子。

「ユリーシカ、一人にしてすまなかった。それから、ありがとう」

公爵で皇弟でもあるオリヴァーの妻としての責任は重く、そのプレッシャーは計りしれないものがあったはずだ。それでも、ユリーシカは大きな仕事を果たしてくれたのだから、感謝しかない。

ユリーシカから子どもを受けとったオリヴァーは、優しくその腕に収め、そっと子どもに顔を寄せた。小さくて、くしゃっとしていて、甘いミルクのような匂いがする。

「この子の名前、レオナルドというのはどうだろう?」

「レオナルド。……とても素敵な名前ですね」

ユリーシカはうれしそうに笑う。

それから一週間、オリヴァーはゆっくりと屋敷で過ごした。ユリーシカと過ごす時間は安らぎに満ちていて、忙しかったこれまでが別の世界であるかのように、心が穏やかになる。

そして二人はたくさんの言葉を交わした。

オリヴァーはタウンハウスを持っていなかったが、落ちついたら帝都に屋敷をひとつ購入して家族で暮らそう、なんて話もした。ユリーシカは先の未来を想像してうれしそうにうなずく。そんな二人の横には、すやすやと眠るレオナルド。

こんなささやかな時間が二人にはとても貴重で、これから先もずっと続くのだと思っていた。オリヴァーが帝都に戻るまでは。


「今日もオリヴァー様はお戻りになられないのね」

ユリーシカは小さく溜息をついて、オリヴァーから送られてきた手紙を机に伏せ、立ちあがって窓まで行き、薄暮れに佇む見なれた欅の木を見つめた。

戦後の処理で仕事が山積みなうえに、公爵として他国に訪問するなど忙しく、レオナルドが生まれてからこれまで、オリヴァーが屋敷に帰ってきたのは三回だけ。

「無理をしてほしくはないけど」

オリヴァーに抱きしめられて眠る幸せを覚えてしまうと、一人寝がますます寂しくなってしまう。

その優しさに甘えたくなってしまう。

「オリヴァー様……。――っ！」

と、突然咳きこんだユリーシカ。

「奥さま！　そろそろお休みになってはいかがでしょうか？」

ユリーシカ付きの侍女が心配そうにそう言うと、ユリーシカは素直にうなずいた。

「そうね。そうするわ」

ユリーシカはそう言って、夫婦の寝室に行き、一人では広すぎるベッドに潜りこむ。

――今を乗りきればもっと時間が取れるようになる。本当にすまない。数日のうちに帰る。

今日送られてきた手紙にはそう書かれていた。

「前の手紙にもそう書かれていましたよ」

少し恨みがましく呟いてみても、あの優しい笑顔を思いだすと怒る気にもなれない。

「レオがあなたのことを忘れてしまいますよ。……私だって、忘れちゃうんだから……。だから、早く帰ってきてくださいね」


ユリーシカの咳は日を追うごとに酷くなっていった。体はだるく、熱もある。医師の診断では疲れから来る風邪とのこと。

「いいえ、その必要はないわ」

「しかし」

家令がオリヴァーに知らせるべきだと言っても、ユリーシカは首を縦に振らない。

「たかが風邪くらいで、オリヴァー様に心配をかけるわけにはいきません。それに風邪なんてすぐに治るわ」

ユリーシカはそう言って笑うだけ。

それから二週間がたったころ、ようやくオリヴァーが帰ってきた。ユリーシカはうれしそうに早足で玄関まで出むかえる。

「お帰りなさいませ、オリヴァー様」

「ユリーシカ」

その名を呼んで妻を抱きしめたとき、ふと気がついた。

「……熱があるのか？　体が熱いような気がするが」

ユリーシカの頬を両手で包みこんだオリヴァーは、確認するようにブラウンのヘーゼルアイをのぞき込んだ。

「……い、いいえ。少し運動をしていたので、体がほてっているだけですわ」

「運動……？」

ダンスの練習でもしていたのだろうか？

「それより、お疲れでございましょう？」

「……ああ。でも、あなたの顔を見たら、疲れなんて全部吹きとんだ」

「──っ！　ま、まぁ……」

ユリーシカが頬をさらに染める。そんなユリーシカを心配そうに見つめているのは家令と侍女。ユリーシカに口止めをされていなければ、すぐにでもオリヴァーに報告するのだが、疲れて帰ってくる夫に心配をかけたくない、と言われれば、ユリーシカの熱もそれほど高くないし、大袈裟に騒ぐ必要もないか、とつい口を閉ざしてしまった。

もしヴァーノン王国の人々の体温は、ユヴァレスカ帝国の人々より低めである、と知っていれば、もっと慎重に判断したのだろうが。

「すまない、すぐに帰ってくる」

「はい。お待ちしております」

翌日、ぎりぎりまで屋敷で過ごしたオリヴァーは、あっという間に過ぎてしまった時間を惜しむように、ユリーシカを抱きしめその額にくちづけを落とした。

「……やはり、熱があるんじゃないか？」

「いえ、実は、今日は寒いと思って、温かいカーディガンを着ているから、きっとそのせいで体がほてっているのですわ」

ユリーシカはそう言って微笑む。

「……そうか。確かに、今日は少し涼しいかもしれない」

決して寒いとは思わないが。

「オリヴァー様。そろそろ出発しないと遅くなってしまいますわ」

「ああ。そうだな」

オリヴァーはそう言うと、ユリーシカをぎゅっと抱きしめて、名残惜しそうに馬車に乗りこみ、ユリーシカは走りだした馬車を笑顔で見おくった。が、馬車が見えなくなったとたんにふらりと体が揺れる。

「奥さま！」

侍女が慌てて駆けよりユリーシカの体を支えた。

「――少し、めまいが……」

「無理はいけません。すぐお休みください」

侍女に支えられて自室に戻ったユリーシカは、その日を境にベッドから離れることができなくなってしまった。

「奥さま、ご気分はいかがですか？」

心配そうな顔をした侍女に「大丈夫よ」と微笑むユリーシカだが、熱を出す日が続いているし、体の倦怠感は日を追うごとに酷くなる。

「奥さま。やはり旦那さまに知らせせましょう」

家令はそう言ったが、ユリーシカは首を横に振った。

「それだけはだめよ。オリヴァー様にご迷惑をかけるわけにはいかないもの」

私情で身動きが取れるような立場ではないオリヴァーが、妻の体調が悪いからといって現場を離れるようなことをすれば、その微妙な立場がますます悪くなってしまう。それを知っているのに、わざわざ心配をかけるようなことをしたくはなかった。

「風邪のお薬ももらっているし、すぐによくなるわ」

しかし、日に日に悪くなっていくユリーシカを心配した家令が、医師を呼んだときにはすでに手遅れだった。風邪だと軽く見ていた症状が重くなり、肺炎を併発し重症化していたのだ。

家令の知らせを受けて、真っ青な顔をして帰ってきたオリヴァーは、頼りなく笑うユリーシカの手を握りしめて、すまない、と繰りかえした。

「いったいお前たちは何をしていたんだ！」

「申し訳ございません」

真っ青な顔をして深く頭を下げる家令と侍女。

「わ、私は旦那さまにお伝えしようとしましたが、奥さまがそれを拒否され――」

しかし、家令の言葉が終わらないうちに、オリヴァーは机をしたたか殴りつけた。

「ユリーシカが言うなと言えば、命が危険にさらされるまで傍観しているということか！」

「い、いいえ！　決してそのような――」

「お前たちは己の責務をまっとうすることもできないのか！」

「申し訳ございません！」

家令と侍女を睨みつけるオリヴァーの顔は、これまで見たことがないほど怒りに満ちていた。

「——もういい……！」

オリヴァーはそう言って部屋を出ると、その足でユリーシカの寝室に向かった。

彼らだけが悪いわけではない。最も責められるべきは、妻の異変に気がつかなかった愚かな自分。熱を疑った日には体調を崩していたのだ。それなのに、屋敷を長く空け、我慢をさせ、無理をさせた。そんな自分が怒りに任せて彼らを責めるなんて、筋違いもいいところだ。

ユリーシカの寝室のドアを静かに開けると、薬で眠っているユリーシカ。息苦しさで眠りが浅く、胸の痛みを取りのぞくために強い薬も飲んでいて、自力で体を起こすこともできないとか。食事もほとんど食べることができず、酷く痩せていた。

「すまない。本当に——……」

そう言ってベッドの横に跪いたオリヴァーは、力なく放りだされているユリーシカの細い手を握った。すると、薬で眠っていたはずのユリーシカが、オリヴァーの手を握りかえしてきた。はっと顔を上げたオリヴァーの瞳に、優しく微笑む妻の顔が映る。

「ユリーシカ！」

「オリヴァー様。いつ、お戻りに？」

「今日帰ってきたんだ。本当にすまない。あなたが苦しんでいるときに、私は……」

「いいえ。そんなこと、気にしないでください。オリヴァー様は、お忙しい——」

苦しそうに言葉を発するユリーシカを見ているのがつらい。

「もう、しゃべらなくていい……！」

「……ご心配を、おかけしてすみません。私が、自己管理を、怠ったために」

オリヴァーは言葉もなく首を振った。

「オリヴァー様。……私に、お顔を、見せてください」

ユリーシカの言葉で顔を上げたオリヴァーの視界が、とめどなくこぼれる涙でぼやける。

「私、幸せです。本当に、幸せ」

「ユリーシカ……」

「レオを、よろしくお願いしますね。あの子、最近おしゃべりするんですよ」

「ユリ——……」

「笑ってくださいな。私、あなたの笑顔が、大好きなんです」

「うっ——」

「愛しています、オリヴァー様。ご自分を責めないで、どうか、幸せに——」

「……っ！」

痩せたユリーシカの手を握りしめるオリヴァーの肩が震え、小さな明かりが灯る静かな部屋にくぐもった嗚咽が聞こえる。

それから一週間もしないうちに、ユリーシカは息を引きとった。

もっとユリーシカに寄りそっていたら、こんなことにはならなかったかもしれない。オリヴァーに遠慮をして、自身の体調が悪いことも言わないなんてことはなかったかもしれない。しかし、それを思ったところでやり直せるわけではない。すべてが遅すぎるのだ。

周囲の人々は、仕方がなかった、あなたは悪くない、とオリヴァーを元気づけようとした。君は精一杯のことをした、時間が解決してくれる、とオリヴァーを励まそうとした。それなのに、そうされればされるほどオリヴァーの心は冷たくなり、ますます追いつめられていく。

思えば、オリヴァーとユリーシカは未成熟な夫婦だった。結婚してから一年と数か月のあいだで、一緒に過ごした日数は数えるほど。そんな少ない時間で知ることなど、人格をかたどった外殻程度がせいぜいだ。

だから、ユリーシカは従順で慎ましい人だとは認識していたが、相手を思いやるあまり、自分を犠牲《ぎせい》にし、言葉を心の内に飲みこみ、心配をかけまい、と笑顔で苦しみを隠しとおす人だとまでは気づけなかった。気づこうともしなかった。

ユリーシカの葬儀を終え、現場に復帰したオリヴァーは、後悔と罪悪感をごまかすように仕事に没頭した。忙しさに身を任せれば余計なことを考えなくて済む。それがどれほど無責任な行為であるかをわかっていても、当時のオリヴァーにはそれ以外の選択肢、いや、逃げ道がなかったのだ。

もしこのとき、オリヴァーの胸倉をつかみ「逃げるな！」と叱責してくれる人が一人でもいたのなら、何かが違ったのかもしれない。「甘ったれるな、お前だけが苦しんでいるわけではない！」と諭してくれる人が一人でもいたならば、先の未来はもっと別の方向に進んでいたかもしれない。

でも、オリヴァーにそんなことをできる人は限られていて、その限られた人は、オリヴァーにすまないと言って頭を下げるだけだった。

本当は誰が悪いという話ではなかったのに。

それぞれに立場や思いがあり、できることやできないことがあったのだから、その中で最善を選ぶべきだったのだ。それなのに、それぞれが一歩引いてしまい、噛みあわない歯車がからからと回っていた。

今ならわかるのに。彼女の遠慮も、彼らの無念も。今なら――。


「あと二か月かぁ。早く生まれないかなぁ」

レオナルドの声が聞こえ、追憶のとばりから引きもどされたオリヴァーは、はっとしてカウチに座る二人を見た。

冬真っただ中のユヴァレスカ帝国に珍しく雪が降り、街のあちこちで子どもたちがはしゃぎながら、誰も歩いていない白い花を踏み、薄く積もったサラサラのやわらかい乾雪をすくって頭上にほうり投げ、キラキラと光を反射しながら舞いおちる六華の美しさを楽しんでいる。

オリヴァーは窓際に置かれた一人がけのソファーに座り、ちょうどいい高さのサイドテーブルに置かれた、温かい紅茶に口を付けてから窓の外を見た。若い使用人たちが数人、慣れない手つきで雪かきをしている。遊んでいるように見えなくもないが、まぁ、雪なんてめったに降らないのだから、少し楽しむくらい問題はない。

しかし、レオナルドは雪にはまったく興味がないようで、カウチに座るラチェリアの横にぴったりと張りついて、ラチェリアの大きくなった腹を触りながら楽しそうに話をしている。

（すっかりレオの笑顔にも見なれてしまったな）

ラチェリアが初めて屋敷に来た日に、久しぶりにレオナルドがオリヴァーに笑顔を見せてくれたときは、驚いて戸惑いさえ感じたというのに。

そのレオナルドは、近い未来に自分の弟か妹ができることを想像して、そわそわしながらラチェリアの腹の中の子に話しかけている。

「この子も、早くレオに会いたいと思っているわよ」

「本当ですか？」

「ええ。だって、レオが話しかけると元気に動きだすもの」

そう言われて、慌ててレオナルドがラチェリアの腹に手を当てると、ぐぅっと腹の中からレオナルドの手が押しかえされた。

「本当だ！　お母さま、この子、ぼくと遊びたがっています！」

レオナルドはうれしそうにラチェリアを見あげ、腹をなでた。

「レオが喜ぶと、この子もうれしそうね」

ラチェリアは愛おしそうにレオナルドの頭をなでながら微笑む。

「ぼく、この子が生まれたら一緒にしたいことがたくさんあるんです」

「そう」

「いっぱい抱っこしてあげるし、一緒に遊んで、本もたくさん読んであげます。ぼく、お兄さんですから」

レオナルドはうっとりとした顔をして、飽きることなく、ぐにゅっと動く腹を触っている。

「きっとレオは素敵なお兄さまになるわね」

ラチェリアにそう言われてうれしそうにうなずくレオナルド。

そんな二人を見つめていたオリヴァーは、イスから立ちあがると二人のもとまで行き、ラチェリアの横に座った。

「私もレオは立派な兄になると思う。でも、そうなると、もう私とは遊んでくれなくなるのか？」

「そんなことはありません」

「そうか、よかった」

オリヴァーはそう言ってレオナルドに向けて腕を広げる。しかし、レオナルドは困ったような顔をした。

「ぼくはお父さまとも遊ぶけど、もう抱っこはしてもらいません。だって、お兄さんですから」

レオナルドは、未来の弟か妹になる子の前で、父親に甘える姿を見せるわけにはいかないと思っているようだ。

ラチェリアはレオナルドのかわいらしい言い分に、思わずクスッと小さく笑ってしまった。しかし、オリヴァーはとてもわかりやすくしゅんとする。

「……もう、私には抱っこもされたくないのか？」

そう言って寂しそうに眉尻を下げた。その様子を見て、レオナルドは慌てて首を振る。

「い、いえ、そんなことはありません。ぼく、お父さまに、抱っこしてほしいです」

「そうか！　じゃ、おいで」

オリヴァーがそう言ってうれしそうに腕を広げると、レオナルドは少し恥ずかしそうな顔をしてカウチを降り、オリヴァーの前まで行くと、いつものように勢いよく抱きついた。

レオナルドからはかすかに甘い匂いがして、その頬はぷくっと柔らかい。もうすぐ七歳になるレオナルドだが、その体はまだ小さく、オリヴァーの腕にすっぽりと収まる。

「いいわね、レオ。お父さまに抱っこしてもらえて」

「はい」

レオナルドは少し頬を染めてうれしそうに笑った。

「私は、君にも甘えてもらいたいのだが？　リア」

「ま、まぁ、私もよろしいのですか？」

今度はラチェリアが少し赤い顔をする。

「お母さまも一緒にお父さまに甘えましょう！」

レオナルドが楽しそうにラチェリアに手を伸ばした。

「――っ！　で、では、遠慮なく」

そう言って、控えめにその逞しい胸に顔を寄せたラチェリアを、ぎゅっと抱きしめるオリヴァー。

少し恥ずかしそうにオリヴァーを見あげたラチェリアは、とろけるような笑顔だ。

「あー、妻がかわいい。何時間見つめていても足りないくらい妻がかわいい」

「オ、オリヴァー様。何をおっしゃっているのかよくわかりませんわ」

真顔でラチェリアを見つめながら言うオリヴァーの言葉はなんだかおかしい。

「お父さま！　ぼくもその意見に賛成です！　お母さまは誰よりもかわいいです」

常にラチェリアのことでオリヴァーと意見が一致するレオナルドも、鼻息を荒くしている。

「ちょ、ちょっと二人とも何を言いだすのですか！」

「お母さま、これは事実です。ぼくのお母さまはかわいくて、優しくて最高なんです」

「レ、レオったら……」

顔を赤くして上目遣いに見あげるラチェリアを、まじまじと見つめるオリヴァーが溜息をついた。

「リア、私たちは本当にそう思っているんだから、君もそれを素直に認めないといけない」

「――っ。も、もう、いくら夫と息子の言うことだからといって、そうですね、なんて言えませんわ」

「ハハハハ、それはそうか」

オリヴァーは納得したのか、楽しそうにレオナルドと目を合わせて笑った。そんな二人を見て、クスッと笑ったラチェリアは、再びその逞しい胸に頬を寄せた。そんなラチェリアを抱きしめる腕に少し力を込めるオリヴァー。

「リア、私は本当に幸せだよ」

「オリヴァー様」

「愛する妻がいて、かわいい息子がいて、近い未来には新しい命が誕生する。だけどこの幸せは当たり前のものではない。だから何がなんでも守ろうと思っている」

「……はい」

オリヴァーは優しく微笑んでいるが、その瞳からは真剣さが伝わってくる。

「それに、君への思いを心の中だけに押しとどめておくつもりもない。言いたいことは言ったほうがいいに決まっているからな」

「え？」

オリヴァーはそう言って、ラチェリアの額と鼻先にくちづけを落とした。

「リアはかわいいし、凛としていて美しい。それに優しくて、愛情深い自慢の奥さんだ」

「――っ、そ、そう、ですか」

「一日中抱きしめていたいし、飽きるほどくちづけをしたい。君のかわいい唇から愛の言葉をずっと聞いていたい」

「そんな……」

ラチェリアを見つめるオリヴァーの熱っぽい瞳は、すっかり二人きりの空間を作りだしていて、お気に入りの恋愛小説より甘い言葉に、ラチェリアの心臓がドキドキきゅんきゅんと騒がしい。きっと小説の中なら、ここから蜂蜜より甘い二人きりの時間が始まるのだろうけど。

でも、ラチェリアのすぐ隣に、オリヴァーに抱っこをされたレオナルドがいることを忘れてもらっては困る。

「お二人とも、そういうのは、ぼくがいないときにやってください」

レオナルドがそう言うと、ラチェリアははたと気がついて顔を赤らめ、オリヴァーは楽しそうに、そのちょっとふてくされたレオナルドの顔をのぞき込んだ。

「なんだ、レオ。やきもちか？　心配しなくても、お前のことも愛しているよ」

「もう、ついでみたいに言わないでください」

「ハハハ、ばれたか」

「お父さま、酷いです」

「冗談だ」

そう言ってオリヴァーが楽しそうに笑う。ぷうっと頬を膨らませていたレオナルドも、おかしくなってきたのか声を出して笑いだした。ラチェリアも笑顔だ。

すると腹の子どもにも楽しい気持ちが伝わったのか、元気に腹を押している。

「あなたのことも愛しているわ。皆で待っているからね」

ラチェリアはそう言って腹をなでながら微笑んだ。

ボトリング公爵邸は今日も幸せが溢れている。

あとがき

私がＷＥＢ小説に出会ったのは２０２１年の秋。小説を書きはじめたのはその年の冬でした。

コロナ禍ということもあって外出はあまりできず、家では子どもがオンラインで学校の授業を受けていて、掃除機はかけられないし、テレビを見ることもできない。そんな中、私の数少ない楽しみがお気に入りのＷＥＢ小説を読むこと。もともとファンタジー系を好んで読んでいたこともあって、ＷＥＢ小説の面白さにすっかりのめり込んでしまったのです。

そんな私が小説を書くようになったのは、実は『パソコンのタイピング速度が遅くなってしまったから』でした。つまりタイピング練習を兼ねて、小説を書くようになったのです。それまで小説を書こうと思ったこともなかったのですから、何がきっかけになるかわかりませんね。それに、私のような初心者でも、書いて投稿すれば人に読んでもらうことができるのですから、ＷＥＢ小説はすごいなぁ、と感心してしまいます。

とはいえ、実は処女作は最後まで書きあげることができずに放置されています。書いていたときは面白いと思っていたのに、時間を置いて読みかえしてみると、誤字脱字、理解不能な文章など、読んでいて自分がつらくなるという結果に。しかもそれを投稿していたのですから「あー、穴を掘って入りたい！」と悶えたのは言うまでもなく。妄想では処女作も完結まで出来上がっていたのに、文章にしようとするとそれが書けず、文字で伝える難しさを知り、ずいぶん早いタイミングで軽く挫折してしまったのです。

それでも、タイピング練習のために始めた小説を書くことが、いつのまにか趣味に変わり、暇があればお話を考えるようになると、ひとつふたつと作品が増えていきました。稚拙な文章であったにもかかわらず、最後まで読んでくださっていた読者の皆様には感謝しかありません。

そして『ラチェリアの恋』。十五万字超えの長編としては三作目となる本作は、実は小説を書きはじめて一年くらい？　の節目の作品であり、少し私なりに大人っぽい恋愛を書いてみようと意識した作品でもあります。大人というと格好つけすぎですが、いきなりの溺愛ではなく、互いの人となりを知りながら育つ恋バナを書いてみようと。

そして私の期待に応えたのか、オリヴァーは思いのほかポンコツで、そうかと思えばここぞというときにはばっちり決めてきて、ラチェリアの重く蓋をした恋心をこじ開けました。そこで重要なのはレオナルドの存在。きっとレオナルドがいなかったら、二人の関係はなかなか進まなかったはず。レオナルドは二人にとってキューピッドです。

それに対してブラッドフォード。いろいろなものを失ってしまった彼に今後平穏が訪れるのかはわかりません。でも私は、彼が一人苦しんだその先で、なんらかの幸せを見いだしてほしいと思っています。ブラッドフォードは愚かですが決して悪ではありません。そんなブラッドフォードを支え、空いてしまった穴を埋める、そんな存在が現れてほしいと願っているのです。

最後になりますが、本作の制作に携わってくださった皆様。イラストを手掛けてくださったアオイ冬子先生。本作を愛し応援してくださった読者の皆様、本当にありがとうございます。本作はここで完結しますが、現在本編には書かれていないラチェリアとオリヴァーのあれこれを完全書き下ろしで執筆中です。ぜひ、次巻もお手に取っていただけるとうれしいです。

2024年3月新刊

悪役令嬢になりきって、リオネルとミアの浮気を応援するセレナ。もしも悪役令嬢計画が成功したら、親しくなった留学生・レオにも嫌われてしまう――

そう思うと、なぜか胸が痛み始めて……？

1巻好評発売中！
試し読みはこちら

前略母上様 わたくしこの度異世界転生いたしまして、悪役令嬢になりました 2

著者：沙夜　イラスト：ムネヤマヨシミ

プティルブックス大人気既刊！

試し読みはこちら

悪役令嬢は嫌なので、医務室助手になりました。 1・2

著者：花煉
イラスト：東由宇

試し読みはこちら

王宮には『アレ』が居る 1・2

著者：六人部彰彦
イラスト：三槻ぱぶろ

試し読みはこちら

棄てられた元聖女が幸せになるまで 1

～呪われた元天才魔術師様との同居生活は甘甘すぎて身が持ちません!!～

著者：櫻田りん　イラスト：ジン.

試し読みはこちら

ラチェリアの恋 1

著者：三毛猫寅次
イラスト：アオイ冬子

ティルブックス

ラチェリアの恋 2

2024年2月28日　第１刷発行

著　者　三毛猫寅次　
編集協力　プロダクションベイジュ
発行人　鈴木幸辰
発行所　株式会社ハーパーコリンズ・ジャパン
東京都千代田区大手町 1-5-1
04-2951-2000（注文）
0570-008091　（読者サービス係）
印刷・製本　中央精版印刷株式会社

ISBN978-4-596-53815-4

※この作品はフィクションであり、実在の人物・団体・事件等とは関係ありません。

※本作はWeb上で発表された小説『ラチェリアの恋』に、加筆・修正を加えたものです。

Petir BOOKS